O SOL DA MEIA-NOITE

Obras do autor publicadas pela Editora Record

Série Harry Hole
O morcego
Baratas
Garganta vermelha
Casa da dor
A estrela do diabo
O redentor
Boneco de Neve
O leopardo
O fantasma
Polícia
A sede

Série Olav Johansen
Sangue na neve
O sol da meia-noite

Headhunters

JO NESBØ
O SOL DA MEIA-NOITE

tradução de **Christian Schwartz** e **Liliana Negrello**

1ª edição

EDITORA RECORD
RIO DE JANEIRO • SÃO PAULO
2018

CIP-BRASIL. CATALOGAÇÃO NA PUBLICAÇÃO
SINDICATO NACIONAL DOS EDITORES DE LIVROS, RJ

N371s Nesbø, Jo, 1960-
O sol da meia-noite / Jo Nesbø; tradução de Liliana Negrello, Christian Schwartz. – 1ª ed. – Rio de Janeiro: Record, 2018.
224 p.; 23 cm.

Tradução de: Midnight Sun
ISBN 978-85-01-11379-5

1. Romance norueguês. I. Negrello, Lilian. II. Schwartz, Christian. III. Título.

18-49827
CDD: 839.823
CDU: 82-31 (481)

Meri Gleice Rodrigues de Souza – Bibliotecária – CRB-7/6439

TÍTULO ORIGINAL NORUEGUÊS:
MERE BLOD

Copyright © Jo Nesbø, 2015
Publicado mediante acordo com a Salomonsson Agency.

Copyright da tradução do norueguês para o inglês Neil Smith © 2015

Traduzido a partir do inglês *Midnight Sun*.

Texto revisado segundo o novo Acordo Ortográfico da Língua Portuguesa.

Todos os direitos reservados. Proibida a reprodução, no todo ou em parte, através de quaisquer meios. Os direitos morais do autor foram assegurados.

Direitos exclusivos de publicação em língua portuguesa somente para o Brasil adquiridos pela
EDITORA RECORD LTDA.
Rua Argentina, 171 – Rio de Janeiro, RJ – 20921-380 – Tel.: (21) 2585-2000, que se reserva a propriedade literária desta tradução.

Impresso no Brasil

ISBN 978-85-01-11379-5

Seja um leitor preferencial Record.
Cadastre-se no site www.record.com.br e receba informações sobre nossos lançamentos e nossas promoções.

Atendimento e venda direta ao leitor:
mdireto@record.com.br ou (21) 2585-2002.

Capítulo 1

Como devemos começar esta história? Queria poder dizer que vamos começar pelo começo, mas não sei bem quando a história se inicia. Assim como todo mundo, não tenho muita certeza da *real* sequência de causa e efeito em minha vida.

Será que a história começou quando me dei conta de que eu era só o quarto melhor jogador de futebol da minha classe? Quando Basse, meu avô, me mostrou os desenhos — seus desenhos — de La Sagrada Familia? Quando dei minha primeira tragada num cigarro e ouvi pela primeira vez uma música do Grateful Dead? Quando li Kant na universidade e achei que tivesse entendido alguma coisa? Quando vendi minha primeira pedra de haxixe? Ou será que a história começa quando beijei Bobby — que, apesar do nome, é na verdade uma garota — ou quando vi pela primeira vez a pequena criaturinha enrugada, que viria a se chamar Anna, gritando? Talvez tenha começado quando eu me sentei naquela fedorenta sala dos fundos do Pescador, enquanto ele me dizia o que queria de mim. Não sei. Armazenamos vários tipos de histórias e criamos uma lógica por trás delas, de modo a fazer parecer que a vida tem algum significado.

Portanto, posso começar daqui mesmo, do meio da confusão, na hora e no lugar onde o destino parece ter feito uma pausa para retomar o fôlego. Do ponto em que, por um momento, pensei não apenas que estava no caminho certo, mas que talvez já tivesse chegado ao fim dele.

Desci do ônibus no meio da noite. Apertei os olhos diante da luz do sol, que varria a ilha até tocar o mar, ao norte. Vermelho e entorpecido. Como eu. Adiante, ainda mais mar. E, mais além, o Polo Norte. Talvez ali eles não me encontrassem.

Olhei ao redor. Nos três outros pontos da bússola, em todas as direções, os cumes das montanhas baixas desciam em minha direção. Urzes vermelhas e verdes, pedras, algumas aglomerações de bétulas que não haviam crescido. A leste, a terra corria para o mar, pedregosa e plana como uma panqueca, e, a sudoeste, parecia ter sido cortada com uma faca no ponto onde começava o mar. Uns cem metros acima das águas inertes, a paisagem ampla do planalto tomava conta de tudo, estendendo-se ao longe. O planalto de Finnmark. O fim da linha, como dizia meu avô.

A estrada de cascalho compactado onde eu me encontrava levava a um conjunto de construções baixas. A única coisa que se destacava era a torre da igreja. Eu havia acordado no ônibus, no exato momento em que passávamos pela costa, por uma placa na qual se lia "Kåsund", perto de um píer de madeira. Pensei *por que não?* E puxei a cordinha acima da janela, de modo que o sinal de pare acendesse acima do motorista.

Vesti o paletó do terno, apanhei minha pasta de couro e comecei a caminhar. A pistola no bolso do paletó batia no meu quadril. Bem no osso do quadril — sempre fui muito magro. Parei e ajeitei a pequena bolsinha de dinheiro, que estava por baixo da camisa, para que as notas amortecessem as pancadas.

Não havia uma única nuvem no céu, e o ar estava tão limpo que tive a impressão de que podia enxergar muito longe. Até onde a vista alcança, como diz a expressão. Dizem que o planalto de Finnmark é lindo, mas, porra, não sei. Esse não é o tipo de comentário que as pessoas fazem sobre lugares inóspitos? Acho que falam para se gabar, para reivindicar certa superioridade — da mesma forma que se vangloriam de gostar de música incompreensível ou de literatura ilegível. Eu mesmo já fiz isso. Achava que assim poderia compensar algumas coisas que não são muito legais em mim. Talvez as pessoas façam esse tipo de comentário apenas para consolar os poucos que vivem nesses lugares: "É *tão* lindo aqui." Afinal, o que é tão lindo nessa paisagem plana, monótona e desoladora? É como estar em Marte. Um deserto vermelho. Inabitável e cruel. O lugar perfeito para se esconder. Espero.

Logo à frente, os galhos de algumas árvores na beira da estrada se mexeram. Um segundo depois, uma figura pulou a pequena vala à margem da pista. Minha mão automaticamente procurou a pistola, mas eu me detive a tempo: não era um deles. O sujeito parecia um curinga saído de um baralho.

— Boa noite! — cumprimentou.

O homem caminhou na minha direção com um claudicar estranho, as pernas tão tortas que, entre elas, dava para ver a estrada se estender pelo vilarejo. Conforme veio se aproximando, percebi que não se tratava de um chapéu de curinga, e sim de um boné típico dos lapões. Azul, vermelho e amarelo — só faltavam os guizos. Ele usava botas de couro gastas, e seu anoraque azul, remendado com fita adesiva preta, tinha vários rasgos por onde era possível ver um enchimento amarelo que mais parecia material de isolamento térmico do que penas.

— Desculpe perguntar, mas quem é você? — perguntou ele.

Era pelo menos dois palmos mais baixo que eu. Tinha um rosto largo, sorriso amplo e olhos meio puxados. Se alguém pensar em todos os clichês sobre os lapões que as pessoas de Oslo conhecem, terá a imagem desse cara.

— Cheguei de ônibus — respondi.

— Isso eu vi. Meu nome é Mattis.

— Mattis — repeti, tentando ganhar alguns segundos para pensar na resposta para a próxima pergunta inevitável.

— E você, quem é?

— Ulf — falei. Parecia um nome tão bom quanto qualquer outro.

— E o que está fazendo em Kåsund?

— Visitando — respondi, fazendo um gesto em direção ao conjunto de casas.

— Quem veio visitar?

Dei de ombros.

— Ninguém em especial.

— Você é da Comissão do Interior, ou um pastor?

Não fazia ideia da aparência das pessoas da Comissão do Interior, então fiz que não com a cabeça, passando a mão no meu cabelo comprido meio hippie. Talvez eu devesse cortá-lo. Chamaria menos atenção.

— Desculpe perguntar — disse ele novamente —, mas você faz o quê?

— Sou caçador — respondi. Deve ter sido a menção à Comissão do Interior. E a resposta tinha o mesmo tanto de mentira que de verdade.

— Ah, veio caçar aqui, Ulf?

— Parece um bom lugar para isso.

— É, mas você está adiantado uma semana. A temporada de caça só começa no dia 15 de agosto.

— Tem algum hotel por aqui?

O lapão abriu um largo sorriso. Tossiu e cuspiu um bolo marrom do que desejei que fosse tabaco mascado ou alguma coisa assim. A cusparada bateu no chão com um som audível.

— Hospedaria? — perguntei.

Ele fez que não.

— Camping? Quarto para alugar? — Na cabine telefônica que havia atrás dele vi um cartaz anunciando uma bandinha que tocaria em Alta. Então a cidade não devia ficar tão longe. Talvez eu devesse ter permanecido no ônibus até chegar lá.

— E você, Mattis? — perguntei, dando um tapa em um mosquito que tentava picar minha testa. — Não teria uma cama que pudesse me emprestar por esta noite?

— Queimei minha cama na fornalha em maio. Tivemos um mês de maio muito frio.

— Sofá? Colchão?

— Colchão?

Ele fez um gesto com as mãos indicando o planalto coberto de urzes.

— Obrigado, mas prefiro paredes e um teto. Vou tentar achar um canil que não esteja sendo usado. Boa noite. — E comecei a caminhar na direção das casas.

— O único canil que vai encontrar em Kåsund é aquele ali — disse, lastimoso, a voz baixa.

Olhei ao redor. O lapão apontava para a construção que ficava em frente ao pequeno aglomerado de casas.

— A igreja?

O homem assentiu.

— Está aberta no meio da noite?

Mattis inclinou a cabeça.

— Sabe por que ninguém rouba nada em Kåsund? Porque aqui não tem nada além de renas para se roubar.

Dando um salto surpreendentemente gracioso, o baixinho gorducho pulou a vala outra vez e foi mancando em meio às urzes a oeste. Meus guias eram o sol ao norte e o fato de as igrejas — de acordo com meu avô — terem suas torres sempre voltadas para oeste, em qualquer lugar do mundo. Coloquei a mão sobre os olhos para fazer sombra e enxergar o terreno diante daquele homem. Aonde diabos ele estava indo?

Talvez porque o sol estivesse brilhando no meio da noite e tudo estivesse completamente quieto, havia algo de estranho e desolador no vilarejo. As casas pareciam ter sido construídas às pressas, sem cuidado ou amor. Não que não parecessem sólidas, mas davam a impressão de serem apenas um teto em cima da cabeça de alguém, e não um lar. Eram práticas. As lajes haviam sido feitas de forma que não precisassem de manutenção e resistissem ao vento e ao clima. Havia alguns carros velhos em jardins que não eram jardins — apenas áreas onde as bétulas e urzes ficavam cercadas. Havia carrinhos de bebê, mas não brinquedos. Apenas algumas casas tinham cortinas ou persianas nas janelas. Os vidros desprotegidos refletiam o sol, impedindo que qualquer pessoa pudesse olhar para dentro da casa. Como óculos escuros em alguém que não quer revelar muito de sua alma.

A igreja estava, sim, aberta, mas a porta empenada não se abria tão prontamente quanto em outras igrejas onde eu já havia estado. A nave central era pequena, decorada de maneira sóbria, mas atraente em sua simplicidade. O sol da meia-noite brilhava nos vitrais e, acima do altar, Jesus pendia em sua cruz como de costume, diante de um tríptico que trazia a Virgem Maria no meio, Davi e Golias de um lado e o menino Jesus do outro.

Encontrei a porta para a sacristia em uma das paredes laterais atrás do altar. Vasculhei os armários. Dentro deles havia batinas, utensílios de limpeza, baldes, mas nem uma única gota do vinho canônico, apenas umas caixas de wafers da padaria de Olsen. Cheguei a mastigar uns três ou quatro biscoitos, mas era como comer papel toalha. Eles secaram tanto minha boca que, no final das contas, tive de cuspi-los no jornal que estava em cima da mesa. O jornal informava — se é que aquela era de fato a edição do dia do *Finnmark Dagblad* — a data de 8 de agosto de 1978 e que os protestos contra a exploração do rio Alta estavam crescendo; mostrava a cara do líder do conselho comunitário local, Arnulf Olsen; dizia que Finnmark, sendo o único distrito da Noruega que fazia fronteira com a União Soviética, sentia-se um pouco mais seguro agora que o espião Gunvor Galtung

Haavik estava morto e que o clima finalmente parecia melhor ali do que em Oslo.

O chão de pedra da sacristia parecia duro demais para que eu pudesse dormir nele, e os bancos da igreja, demasiado estreitos, então peguei as vestimentas sacerdotais e as levei para a parte de dentro da grade do altar, pendurei meu paletó e me deitei no chão, usando minha pasta como travesseiro. Senti que alguma coisa pingava em meu rosto. Passei a mão e olhei para a ponta dos dedos. Estavam manchados de vermelho-ferrugem.

Olhei para o homem crucificado e pendurado bem em cima de mim. Mas logo me dei conta de que aquilo devia ter vindo do telhado rebaixado. Cheio de buracos, úmido e sujo de barro e ferrugem. Virei-me para o outro lado a fim de não ficar deitado sobre o ombro machucado e puxei um pedaço da batina por cima da cabeça, tentando bloquear a luz do sol. Fechei os olhos.

Isso. Não pense em nada. Afaste-se de tudo.

Senti-me sufocado.

Tirei a batina do rosto, sem ar.

Merda.

Fiquei deitado olhando para o teto. Depois do enterro, passei a ter problemas para dormir e comecei a tomar Valium. Não sei se fiquei viciado, mas agora é difícil pegar no sono sem ele. A única outra coisa que funciona é estar exausto.

Cobri o rosto com a batina novamente e fechei os olhos. Setenta horas fugindo. Mil e oitocentos quilômetros. Apenas alguns poucos cochilos em trens ou ônibus. Eu devia estar exausto.

Agora... Pensamentos felizes.

Tentei pensar em como as coisas eram antes. Antes de tudo, antes. Não funcionou. Todo o resto surgiu em meus pensamentos. O homem de branco. O cheiro de peixe. O cano escuro da pistola. Vidro quebrando, a queda. Deixei tudo de lado e entrelacei as mãos, sussurrando o nome dela.

Então ela veio, finalmente.

Acordei. Continuei perfeitamente imóvel.

Alguma coisa me cutucou. Alguém. De modo gentil, não para me acordar, apenas para verificar se havia mesmo algo embaixo da batina.

Tentei me concentrar em manter a respiração normal. Talvez ainda tivesse uma chance. Talvez não tivessem percebido que eu estava acordado.

Deslizei uma das mãos para o lado, mas logo lembrei que havia pendurado o paletó com a arma na grade do altar.

Quanto amadorismo para um profissional.

Capítulo 2

Continuei a respirar devagar, mantendo o ritmo constante, até sentir o pulso desacelerar. Meu corpo percebeu antes o que a cabeça ainda não havia assimilado: eles não teriam me cutucado, teriam apenas arrancado a batina para checar se era a pessoa certa e, então, teriam me enchido de tiros.

Afastei cuidadosamente a batina da frente do rosto.

A pessoa que me encarava tinha sardas, nariz arrebitado, um curativo na testa e cílios claros emoldurando olhos extraordinariamente azuis. Acima deles, uma espessa franja de cabelos vermelhos. Quantos anos teria? Nove? Treze? Eu não fazia ideia, não sei nada sobre crianças.

— Você não pode dormir aqui.

Olhei em volta. Ele parecia estar sozinho.

— Por que não? — perguntei, com voz grave.

— Porque a mamãe vai limpar aqui.

Fiquei em pé, enrolei a batina embaixo do braço, apanhei o paletó da grade do altar e verifiquei se a pistola ainda estava no bolso. Senti uma fisgada de dor ao movimentar o ombro esquerdo para vestir do paletó.

— Você é do sul? — perguntou o garoto.

— Depende do que você quer dizer com "sul".

— Se você é de algum lugar ao sul daqui, claro.

— Todo mundo é de algum lugar ao sul daqui.

O garoto assentiu.

— Meu nome é Knut, tenho 10 anos. Qual é o seu nome?

Estava a ponto de dizer um nome qualquer quando me lembrei do que havia respondido no dia anterior.

— Ulf.

— Quantos anos você tem, Ulf?

— Sou velho — respondi, alongando o pescoço.

— Mais de 30?

A porta que dava para a sacristia se abriu, e eu me virei. Uma mulher apareceu e ficou paralisada ao me ver. A primeira coisa que me chamou atenção foi o fato de ela parecer muito jovem para ser uma faxineira. E que aparentava ser forte. Dava para ver as veias na parte de baixo do braço e na mão que segurava o balde transbordando de água. Tinha ombros largos, mas cintura fina. As pernas estavam escondidas por uma saia plissada preta bastante antiquada. A outra coisa que me chamou a atenção foi o cabelo dela. Era comprido e tão preto que a luz que entrava pelas janelas o fazia brilhar. O cabelo estava preso para trás com uma presilha simples.

Ela veio na minha direção, os sapatos fazendo barulho. Quando chegou perto o suficiente, pude ver que tinha uma boca bonita, mas com uma cicatriz, talvez de uma cirurgia para corrigir lábio leporino. Parecia quase impossível, devido à pele morena e à cor do cabelo, que ela tivesse olhos tão azuis.

— Bom dia — disse.

— Bom dia. Cheguei ontem à noite, de ônibus. E não havia onde...

— Tudo bem. Nossas portas são amplas, e nossos portões estão sempre abertos — continuou ela, sem soar afetuosa. Colocou o balde e a vassoura de lado e estendeu-me a mão.

— Ulf — eu disse, estendendo a mão também para cumprimentá-la.

— A batina — rebateu ela, afastando a mão. Olhei para a trouxa que segurava em minha outra mão.

— Não consegui achar um cobertor — expliquei, entregando-lhe a batina.

— E não achou nada para comer, além das nossas hóstias — disse ela, desenrolando e inspecionando a pesada batina branca.

— Desculpe, claro que vou pagar...

— Você pode comer as hóstias, estando consagradas ou não. Mas, por favor, da próxima vez não cuspa na cara do nosso líder local, se não se importa.

Não dava para saber se aquilo era um sorriso, mas tive a impressão de que a cicatriz no lábio superior se moveu um pouco. Sem dizer mais nada, a moça se virou e desapareceu no interior da sacristia.

Peguei minha pasta e pulei a grade do altar.

— Para onde você vai? — perguntou o garoto.

— Lá para fora.

— Por quê?

— Por quê? Porque eu não moro aqui.

— A mamãe não é tão braba quanto parece.

— Pode se despedir dela por mim?

— Por quem? — perguntou a moça, caminhando de volta para o altar.

— Ulf. — Estava começando a me acostumar com o nome.

— O que veio fazer aqui em Kåsund, Ulf? — Ela torceu um pano dentro do balde.

— Caçar.

Achei melhor manter a mesma história, já que a comunidade era pequena.

A moça prendeu o pano na ponta da vassoura.

— Fazer o quê?

— Caçar tetrazes — chutei. — Há tetrazes aqui no norte? Ou qualquer outro bicho que se mexa? — acrescentei.

— Não foi um bom ano para ratos e lemingues — respondeu ela.

Fiz um muxoxo.

— Bom, estava pensando em algo um *pouco* maior do que isso.

A moça ergueu uma sobrancelha.

— O que quis dizer é que não há muitos tetrazes.

Houve uma pausa.

E foi Knut quem a quebrou.

— Quando os predadores não encontram ratos e lemingues, atacam os ovos de tetrazes.

— Claro — eu disse, dando-me conta de que começava a suar nas costas. Precisava tomar um banho. Minha camisa e o porta-dólar precisavam ser lavados. Meu paletó precisava ser lavado. — Vou encontrar algum bicho para caçar. O problema é que estou uma semana adiantado. Afinal, a temporada de caça só começa na próxima semana. Até lá vou ter que praticar. — Esperava que o lapão tivesse me dado a informação correta.

— Não sabia que existia uma temporada — comentou a mulher, esfregando o chão onde eu estivera dormindo com tanta força que fez a vassoura estalar. — Foram vocês do sul que inventaram isso. Aqui a gente caça quando precisa. E nós não incomodamos os bichos quando não há necessidade.

— Falando em necessidade, você saberia de um lugar aqui no vilarejo onde eu possa ficar?

Ela parou de limpar e se apoiou na vassoura.

— É só bater em qualquer porta que vão oferecer uma cama.

— Em qualquer porta?

— Sim, acho que sim. Mas é claro que nem todo mundo está em casa nessa época.

— Claro — assenti, olhando na direção de Knut. — Férias?

A mulher sorriu, meneando a cabeça.

— Trabalho. Quem tem renas está dormindo em tendas ou caravanas nas pastagens perto do litoral. Algumas pessoas estão fora para pescar bacalhau. E um monte de gente foi à feira em Kautokeino.

— Entendo. Alguma chance de você alugar uma cama para mim? — Quando ela hesitou, acrescentei rapidamente: — Eu pago bem. Muito bem.

— Ninguém daqui cobraria muito. O problema é que meu marido não está em casa, então, não seria adequado.

Adequado? Olhei para a saia dela. O cabelo comprido.

— Entendo. Tem algum lugar que não seja muito... tumultuado? Onde seja possível ter paz e sossego? E que tenha uma vista ampla? — Ou seja, um lugar onde fosse fácil ver alguém se aproximar.

— Bem, já que você veio caçar, acho que pode ficar na cabana de caça. Todo mundo a usa. Fica afastada, é um pouco apertada e está caindo aos pedaços, mas com certeza você vai ter muita paz e sossego. E uma vista ampla para qualquer direção.

— Parece perfeito.

— Knut pode mostrar o caminho.

— Ele não precisa fazer isso. Tenho certeza de que eu...

— Não — disse Knut. — Por favor!

Olhei mais uma vez para o garoto. Férias. Cidade vazia. Entediado por ter que acompanhar a mãe na limpeza. Finalmente alguma coisa para fazer.

— Tudo bem — cedi. — Vamos então?

— Vamos!

— Estou aqui me perguntando... — disse a mulher do cabelo escuro, enfiando a vassoura com pano no balde — com o que você vai atirar. Não me parece que tenha uma arma nessa pasta.

Olhei para minha pasta, avaliando suas dimensões para ver se concordava com ela.

— Deixei minha arma no trem. Já avisei a eles. Prometeram mandá-la pelo ônibus dentro de alguns dias.

— Mas você vai precisar de alguma coisa com o que praticar. — Ela sorriu. — Antes que a *temporada* comece.

— Eu...

— Posso emprestar a espingarda do meu marido. Vocês dois podem esperar lá fora até eu terminar, não vou demorar.

Uma espingarda? Céus, por que não? Como nenhuma das perguntas daquela mulher parecia de fato uma pergunta, simplesmente assenti e caminhei para a porta. Ouvi uma respiração ofegante logo atrás de mim e desacelerei um pouco. O menino vinha em meu encalço.

— Ulf?

— Diga.

— Você conhece alguma piada?

Sentei-me nos fundos da igreja e fumei um cigarro. Não sei por quê. Não tenho esse vício. Quer dizer, meu sangue não fica com sede de nicotina. Não é isso. É outra coisa. Tem a ver com o ato em si. Isso me acalma. Eu poderia fumar um cigarro de palha. Isso me torna viciado em nicotina? Não, tenho certeza de que não. Talvez eu seja um alcoólatra, mas também não estou cem por cento convencido disso. Gosto de ficar meio entorpecido, ligadão, bêbado, é óbvio. Gosto bastante de tomar Valium. Ou melhor, realmente sinto falta de tomar Valium. Daí ser essa a única droga que decidi que precisava de fato abandonar.

Comecei a traficar haxixe mais para financiar meu próprio consumo. Era simples e lógico: eu comprava uma quantidade grande o suficiente para barganhar o preço. Depois, vendia dois terços do total em pequenas porções por um preço mais alto e, assim, conseguia fazer com que a droga para consumo próprio saísse de graça. O caminho entre essa pequena manobra e uma ocupação de tempo integral não é longo. Já o caminho até minha primeira venda foi. Longo, complicado e com reviravoltas que eu preferiria dispensar. Mas lá estava eu, no Slottsparken, murmurando meu conciso papo de vendedor (vai um bagulho aí?) para os passantes que pareciam ter cabelos um pouco mais compridos ou usavam roupas um pouco mais esquisitas. E, como acontece com quase tudo na vida, a primeira vez **é sempre** a pior. Então, quando um cara com corte de cabelo estilo milico e camisa azul parou e pediu dois gramas, eu pirei e fugi.

Eu sabia que ele não era um policial disfarçado — esses eram os de cabelo mais longo e roupas mais esquisitas. Mas fiquei com medo de que o cara fosse um dos homens do Pescador. Aos poucos fui me dando conta de que o Pescador não se preocupava com peixes pequenos como eu. Tudo o que eu tinha de fazer era ter cuidado para não ficar grande demais. E não entrar no mercado de anfetaminas e heroína. Não ser o Hoffmann. As coisas acabaram mal para o Hoffmann. E agora o Hoffmann nem existe mais.

Joguei a guimba do cigarro entre as lápides que estavam diante de mim.

Todos nós temos um tempo determinado; você queima até o filtro e, depois disso, está acabado. Para sempre. Mas a questão principal é queimar até o filtro, não chegar ao fim antes disso. Bom, talvez essa não seja bem a questão principal, mas era meu objetivo. Eu na verdade não dou a mínima para a questão principal. E houve alguns dias, depois do enterro, que eu nem tinha mais certeza de qual era meu objetivo.

Fechei os olhos e me concentrei no sol, em senti-lo aquecendo minha pele. No prazer. Hedonismo. Como manda o deus grego. Opa, não podia dizer "deus", tinha de ser "ídolo", já que eu estava em solo sagrado. É muito arrogante chamar os outros deuses, aqueles que você não inventou, de ídolos. *Não terás outro deus além de mim.* É a ordem de todo ditador para seus súditos, claro. E o mais engraçado é que os cristãos não conseguiram enxergar isso, não perceberam o mecanismo, o aspecto regenerativo, autoengrandecedor e autoexecutável que tornou possível que uma superstição como essa sobrevivesse por dois mil anos e na qual a chave — a salvação — é reservada àqueles que são sortudos o suficiente para terem nascido em um intervalo de tempo que não é nada mais do que uma piscada de olhos na história da humanidade e numa determinada parte do planeta onde é possível ter contato com os mandamentos e formular uma opinião sobre o conciso papo de vendedor ("vai um paraíso aí?").

O calor desapareceu. Uma nuvem passou na frente do sol.

— É a vovó.

Abri os olhos. Não era uma nuvem. O sol formava um halo ao redor dos cabelos avermelhados do menino. Será que a mulher era a avó dele?

— Como é?

Ele apontou.

— A lápide em que você jogou o cigarro.

Olhei o que havia atrás do menino. Dava para ver um sopro de fumaça subindo do canteiro de flores em frente à lápide.

— Desculpe. Estava mirando a trilha.

O menino cruzou os braços.

— Sério? Então como você vai conseguir atirar nos tetrazes se não consegue nem acertar a trilha?

— Boa pergunta.

— Já pensou em alguma piada?

— Não, já disse que preciso de um tempo.

— Já passaram — ele olhou para o pulso como se tivesse um relógio — vinte e cinco minutos.

Não tinha passado todo esse tempo. Eu começava a me dar conta de que seria uma longa caminhada até a cabana.

— Knut! Deixe o homem em paz. — Era a mãe do menino. Ela passou pela porta da igreja e caminhou em direção ao portão.

Levantei-me para segui-la. A moça andava a passos rápidos, e seus movimentos me faziam pensar em um cisne. A estrada de cascalho que saía da igreja conduzia ao aglomerado de casas que formava Kåsund. A calmaria era meio inquietante, embora eu ainda não tivesse visto ninguém além daqueles dois e do lapão da noite anterior.

— Por que não há cortinas na maior parte das casas? — perguntei.

— Porque Læstadius nos ensinou a deixar a luz de Deus entrar — respondeu ela.

— Læstadius?

— Lars Levi Læstadius. Não conhece os ensinamentos dele?

Balancei a cabeça. Já tinha ouvido falar do padre sueco do século XIX que colocou a vida desregrada dos locais nos eixos, mas não dava para afirmar que eu conhecia os ensinamentos dele. Pensava que coisas tão antiquadas quanto essas já haviam desaparecido.

— Você não é laestadiano? — perguntou o garoto. — Então você vai arder no inferno.

— Knut?

— Foi o vovô que falou! E ele sabe das coisas, porque é pastor e já pregou por toda Finnmark e Nord-Troms!

— O vovô também ensinou que não se deve professar a fé pelas ruas. — Ela olhou para mim, encabulada. — Knut algumas vezes exagera. Você é de Oslo?

— Nascido e criado lá.

— Tem família?

Fiz que não.

— Tem certeza?

— O quê?

Ela sorriu.

— Você hesitou. Divorciado, talvez?

— Então você definitivamente vai arder no inferno — gritou Knut, mexendo os dedos para representar o que imaginava serem as chamas.

— Não sou divorciado.

Percebi o olhar dela de canto de olho.

— Um caçador solitário que está longe de casa, então. O que mais você faz?

— Sou um cobrador. — Um movimento me fez erguer os olhos, e pude vislumbrar um rosto na janela antes que a cortina se fechasse novamente. — Mas larguei a profissão há pouco tempo. Quero tentar alguma coisa nova.

— Alguma coisa nova — repetiu ela, quase num suspiro.

— E você trabalha com limpeza? — perguntei, só para dizer algo.

— Mamãe também é sacristã e ajuda nas celebrações — disse Knut. — O vovô diz que ela poderia ter sido vigário. Se fosse homem, claro.

— Achei que já tivessem aprovado a legislação que permite mulheres.

Ela riu.

— Uma sacerdotisa em Kåsund?

O menino imitou as chamas com os dedos mais uma vez.

— Chegamos.

Ela se voltou para a casinha pequena e sem cortinas. No caminho para a garagem, apoiado em alguns blocos de concreto, havia um Volvo sem rodas e, ao lado, um carrinho de mão com duas calotas enferrujadas dentro.

— Esse é o carro do papai — explicou Knut. — E aquele é o da mamãe — completou, apontando para um fusca estacionado na sombra, dentro da garagem.

Entramos pela porta destrancada, e a mulher me conduziu até a sala. Em seguida, disse que ia pegar a espingarda, deixando-me ali sozinho com Knut. O cômodo não tinha muita mobília; era limpo e arrumado. Os móveis eram rústicos, e não havia televisão ou aparelho de som. Nem plantas. E os dois únicos quadros na parede eram de Jesus carregando uma ovelha e uma foto de casamento.

Cheguei mais perto. Não havia dúvida, era ela. Estava adorável, quase bonita, em seu vestido de noiva. O homem ao lado era alto e tinha ombros largos. Por algum motivo, seu rosto sorridente e, ao mesmo tempo, impassível me fez pensar na silhueta que tinha visto na janela havia pouco.

— Venha até aqui, Ulf!

Segui a voz, atravessei um corredor e cruzei a porta aberta que dava para uma espécie de oficina. A oficina dele. Havia um banco de carpinteiro cheio de peças de carro enferrujadas, brinquedos quebrados que pareciam estar ali fazia algum tempo e vários outros projetos inacabados.

A mulher segurava uma caixa de cartuchos e apontava para a espingarda pendurada na parede por dois ganchos, ao lado de um rifle, ambos altos demais para que ela pudesse alcançar. Suspeitei de que ela havia me pedido que esperasse na sala para dar uma arrumada nas coisas. Olhei ao redor para ver se encontrava garrafas, já que não pude deixar de sentir o cheiro de bebida artesanal, álcool e cigarros.

— Você tem munição para o rifle? — perguntei.

— Claro. Mas você não vai caçar tetrazes?

— É mais desafiador com um rifle — respondi, enquanto apanhava a arma. Apontei o cano para a janela. As cortinas na casa ao lado estremeceram. — Além disso, poupa o trabalho de recolher os cartuchos. Como faz para carregar?

Ela olhou para mim com atenção, evidentemente em dúvida se eu estava brincando, antes de me mostrar como carregar a arma. Diante do meu ofício, você deve pensar que sei muito sobre armas, mas tudo o que sei é uma coisa ou outra sobre pistolas. Ela inseriu um pente, demonstrou como carregar o rifle e explicou que era uma arma semiautomática, mas que, de acordo com as leis que regulamentam a caça, era ilegal ter mais do que três balas no pente e uma na câmara.

— Ótimo — falei, enquanto treinava o carregamento da arma. O que eu gosto nas armas é o som do metal lubrificado, a precisão da engenharia. E só.

— Talvez isso aqui também seja útil.

Virei-me para olhar. Ela estendeu um binóculo na minha direção. Era um binóculo militar soviético B8.

— Não sei como, mas meu avô também tinha um desses e usava-o para estudar os detalhes da arquitetura das igrejas. Ele me contou que, antes e durante a guerra, as melhores peças em engenharia ótica eram alemãs, e a primeira coisa que os russos fizeram quando ocuparam o leste da Alemanha foi roubar os segredos industriais dos alemães e fazer cópias mais baratas, mas também muito boas. Só Deus sabe como um binóculo desse modelo veio parar aqui.

Deixei o rifle de lado e testei o binóculo. Na casa onde o rosto havia aparecido na janela. Mas não havia ninguém lá.

— Obviamente vou pagar um aluguel por tudo isso.

— Bobagem. — Ela substituiu a caixa de balas que estava na minha frente por outra com os cartuchos do rifle. — Mas acho que Hugo gostaria que você cobrisse os custos da munição que usar.

— Onde ele está?

Com certeza foi uma pergunta inconveniente, porque o rosto dela se contraiu.

— Pescando bacalhau. Você tem alguma coisa para comer ou beber? — perguntou.

Neguei com a cabeça. Não havia pensado nisso. Quantas refeições eu havia feito desde que saí de Oslo?

— Vou separar um pouco de comida para você, depois pode conseguir mais no armazém da Pirjo. Knut vai mostrar onde é.

Paramos nos degraus do lado de fora da casa. Ela olhou o relógio. Provavelmente para se assegurar de que não havíamos passado tempo suficiente lá dentro para que os vizinhos começassem a fofocar. Knut já estava correndo no jardim, ansioso para sair como um cachorrinho.

— Você vai levar de trinta minutos a uma hora para chegar à cabana — disse ela. — Dependendo do ritmo da caminhada.

— Humm. Não sei quando minha arma vai chegar.

— Não tenha pressa. Hugo não é muito de caçar.

Assenti, ajustei a alça do rifle e passei-a pelo ombro. O ombro bom. Hora de ir. Tentei pensar em algo para dizer ao me despedir. Ela abaixou a cabeça de leve, exatamente como o menino fazia, e afastou algumas mechas de cabelo do rosto.

— Você não achou muito bonita, achou?

Devo ter parecido um pouco confuso, porque a moça riu e ficou com as bochechas coradas.

— Kåsund. Nossas casas. A cidadezinha era muito bonita. Antes da guerra. Mas, quando os russos vieram em 1945, os alemães fugiram. Mas queimaram tudo antes de baterem em retirada. Tudo, exceto a igreja.

— A tática da terra arrasada.

— As pessoas precisavam de casas para morar, então construíram às pressas. Sem se importar muito com a aparência delas.

— Ah, elas não são *tão* feias assim — menti.

— São, sim. — Ela riu. — As casas são feias, mas não as pessoas que vivem dentro delas.

Olhei para a cicatriz dela.

— Acredito em você. Bom, preciso ir. Obrigado. — Estendi a mão e, dessa vez, ela me cumprimentou. Sua mão era firme e quente, como uma pedra lisa aquecida pelo sol.

— A paz de Cristo.

Olhei para ela. Parecia um gesto genuíno.

O armazém da Pirjo ficava no porão de uma das casas. Estava escuro lá dentro, e ela só apareceu depois que Knut a chamou três vezes. Era uma mulher grande, gorda, que usava um lenço na cabeça. E tinha uma voz estridente.

— *Jumalan terve.*

— Como? — perguntei.

Ela se afastou de mim e olhou para Knut.

— A paz de Cristo — traduziu o menino. — Pirjo só fala finlandês, mas sabe as palavras norueguesas para as coisas do armazém.

Os produtos ficavam atrás do balcão, e a mulher começou a pegar as coisas conforme eu as pedia. Almôndegas de rena enlatadas. Almôndegas de peixe enlatadas. Salsichas. Queijo. Pão sueco.

Evidentemente, Pirjo foi somando tudo de cabeça, pois, quando terminei, ela só escreveu um número no papel e o mostrou para mim. Só então me dei conta de que deveria ter tirado algumas notas da pequena bolsinha de dinheiro antes de entrar. Como não tinha interesse em tornar público o fato de que estava carregando uma quantia exorbitante, cerca de 113 mil coroas, virei-me de costas e abri os dois últimos botões da camisa.

— Não é permitido fazer xixi aqui, Ulf — alertou Knut. — Olhei para ele por cima do ombro. — Brincadeira — disse ele, rindo.

Pirjo fez um sinal de que não tinha troco para a nota de cem coroas que eu estava lhe dando.

— Não se preocupe — eu disse. — Fica de gorjeta.

Ela retrucou algo em sua língua áspera e incompreensível.

— Ela disse que você pode pegar mais suprimentos quando voltar — disse Knut.

— Talvez ela devesse escrever a quantia que ficou me devendo.

— Ela vai se lembrar — garantiu Knut. — Vamos logo.

Knut seguia na frente, dançando. As urzes roçavam nas pernas das minhas calças, e os mosquitos zumbiam em nossas cabeças. O planalto.

— Ulf?

— Diga.

— Por que você tem um cabelo tão comprido?

— Porque ninguém o cortou.

— Ah.

Vinte segundos depois.

— Ulf?

— Hum?

— Você sabe *alguma coisa* de finlandês?

— Não.

— Lapão?

— Nem uma palavra.

— Só norueguês?

— E inglês.

— Tem muitos ingleses lá em Oslo?

Olhei para o sol, semicerrando os olhos. Se estivéssemos no meio do dia, isso significaria que estávamos caminhando na direção oeste. — Na verdade, não, mas é uma língua global.

— Língua global, sei. Meu avô diz isso também. Que o norueguês é a língua comum. Mas a dos lapões é a língua do coração. E o finlandês é a língua sagrada.

— Se ele diz...

— Ulf?

— Diga.

— Eu sei uma piada.

— Tudo bem.

O menino parou e esperou que eu o alcançasse; em seguida, se posicionou ao meu lado.

— O que é, o que é, que tem uma perna maior que a outra mas está sempre correndo?

— É uma charada, certo?

— Quer que eu diga a resposta?

— Sim, acho que você vai ter que me contar.

31

Knut colocou a mão acima dos olhos para protegê-los do sol e me encarou.

— Você está mentindo, Ulf.

— Como?

— Você sabe a resposta!

— Sei?

— Todo mundo sabe a resposta dessa charada. Por que vocês todos não param de mentir? Vão acabar...

— Ardendo no inferno?

— Isso!

— Que história é essa de "vocês todos"?

— Papai. Tio Ove. E mamãe.

— Sério? Sobre o que a sua mãe mentiu?

— Ela diz que não preciso me preocupar com o papai. Agora é a sua vez de contar uma piada.

— Não sou bom em contar piadas.

Knut parou e se inclinou para a frente, os braços balançando sobre os arbustos.

— Você não consegue acertar um alvo, não sabe nada sobre tetrazes e não sabe contar piadas. Tem alguma coisa que você *sabe* fazer?

— Tem, sim — falei, enquanto observava um pássaro solitário nos sobrevoar. Observando. Caçando. Algo em suas asas firmes e angulosas me fez lembrar um avião de guerra. — Eu sei me esconder.

— Isso! — Ele ergueu a cabeça. — Vamos brincar de esconde--esconde! Quem começa? Uni, duni, tê...

— Vá você na frente e se esconda. — Ele deu três passos e parou de repente. — O que foi?

— Você só está fazendo isso para se livrar de mim.

— Para me livrar de você? Imagine!

— E agora você está mentindo de novo!

Dei de ombros.

— Podemos brincar do jogo do silêncio. Quem não ficar em silêncio absoluto leva um tiro na cabeça. — O menino olhou para mim de um jeito estranho. — Não de verdade — expliquei.

— Tudo bem?

Ele assentiu, comprimindo os lábios.

— Começa agora — eu disse.

Continuamos a caminhada. O cenário, que parecera tão monótono à distância, agora mudava o tempo todo: da terra fofa e marrom coberta de urze verde e vermelha a paisagens pedregosas e lunares, cheias de falhas. De repente — sob a luz do mesmo sol que já havia percorrido metade de seu caminho no céu desde minha chegada, como um disco vermelho-dourado — as coisas pareciam brilhar, como se escorresse lava da encosta das colinas, e lá, em cima de tudo, estava o céu aberto e vasto. Não sei por que o céu parecia tão maior ali, ou por que senti que podia ver a curvatura da Terra. Talvez fosse a falta de sono. Certa vez li que as pessoas ficam psicóticas depois de apenas dois dias sem dormir.

Knut prosseguia em silêncio, com uma expressão determinada no rosto cheio de sardas. As nuvens de mosquitos aumentaram até que, enfim, formaram um enorme enxame, do qual era impossível escapar. Parei de afugentar os insetos quando pousavam em mim. Eles perfuravam minha pele com suas picadas anestesiantes, e tudo era tão suave que acabei deixando para lá. O importante era que, a cada metro, a cada quilômetro, eu me afastava ainda mais da civilização. Mesmo assim, precisava elaborar um plano logo.

O Pescador sempre encontra o que procura.

O plano até então havia sido não ter um plano, pois o Pescador seria capaz de adivinhar qualquer itinerário lógico que eu pudesse traçar. Minha única chance era ser imprevisível. Agir de forma tão errática que nem eu mesmo soubesse o que fazer em seguida. Mas eu precisava pensar em alguma coisa para depois dessa fase. Se é que haveria um "depois".

— Um relógio — disse Knut. — A resposta é um relógio.

Assenti. Era só questão de tempo.

— E agora você pode me dar um tiro na cabeça, Ulf.

— Tudo bem.

— Vamos logo, então!

— Para quê?

— Para acabar logo com isso. Não tem nada pior do que não saber quando a bala está vindo.

— Bang.

— Zombavam de você na escola, Ulf?

— Por que está perguntando isso?

— Você tem um jeito estranho de falar.

— Todo mundo fala desse jeito no lugar onde eu cresci.

— Puxa! E eles zombam de todo mundo, então?

Não consegui conter a risada.

— Tudo bem, eles zombavam *um pouco* de mim. Quando eu tinha 10 anos, meus pais morreram, e eu me mudei da zona leste para a zona oeste de Oslo, fui morar com meu avô, Basse. Os outros garotos me chamavam de Oliver Twist e "lixo do leste".

— Mas isso não é verdade.

— Obrigado.

— Na verdade, você é lixo do sul. — E riu. — Isso sim foi uma piada! Três a zero para mim.

— Nem imagino de onde você tira todas essas piadas, Knut.

Ele virou o rosto na minha direção, uma das sobrancelhas erguidas.

— Posso levar o rifle?

— Não.

— Mas é do meu pai.

— Eu disse não.

Ele fez um muxoxo e deixou a cabeça e os braços tombarem por alguns segundos, mas logo se endireitou. Aceleramos o passo. Knut cantava baixinho. Não tenho certeza, mas parecia um hino religioso. Pensei em perguntar o nome da mãe dele — poderia ser útil quando eu precisasse voltar ao vilarejo. Se não lembrasse onde ficava a casa dela, por exemplo. Mas, por alguma razão, não consegui tomar coragem.

— Ali está a cabana — disse Knut, apontando para o local.

Peguei o binóculo e ajustei o foco, o que tinha que ser feito com ambas as lentes do B8. Por trás da nuvem de mosquitos, vi uma coisa que parecia mais um abrigo para guardar lenha do que uma cabana. Não havia janelas, pelo menos não eram visíveis de onde eu estava, apenas um punhado de placas de madeira queimada e sem pintura dispostas em torno do cano fino e preto de uma chaminé.

Continuamos caminhando, e minha mente estava ocupada com alguma outra coisa quando meus olhos registraram um movimento, de algo bem maior do que os mosquitos, algo que devia estar uns cem metros à nossa frente, algo que emergiu de repente da paisagem monótona. Por um momento, achei que meu coração ia parar. Ouvi um estranho estalo quando a criatura com a pesada galhada na cabeça se afastou de um arbusto.

— Um macho — garantiu Knut.

Minha pulsação desacelerou lentamente.

— Como você sabe que não é uma... hã... que é macho? — Ele me olhou de um jeito estranho de novo. — Não temos muitas renas em Oslo — eu disse.

— Uma fêmea? Porque os chifres dos machos são maiores, né? Olha lá, ele está esfregando os chifres naquela árvore.

A rena tinha parado perto de algumas árvores que ficavam atrás da cabana e esfregava a galhada no tronco de uma bétula.

— Ele está raspando a casca da árvore para comer?

O menino riu.

— Renas comem liquens.

Claro, renas comem liquens. Todos aprendemos na escola sobre os tipos de musgos que crescem aqui, perto do Polo Norte. E que *joik* era um tipo de canção dos lapões, que *lavvo* era uma espécie de tenda usada por eles, muito parecida com a dos índios norte-americanos, e que Finnmark ficava mais distante de Oslo do que Londres e Paris. Também aprendemos um modo de lembrar os nomes dos fiordes, embora eu duvide de que alguém se lembre disso na vida adulta. Pelo menos eu não me lembrava — encarei quinze anos de educação formal, dois deles na universidade, lembrando as coisas só pela metade.

— As renas esfregam os chifres nas árvores para deixar eles limpos — explicou Knut. — Fazem isso em agosto. Quando eu era pequeno, meu avô dizia que faziam isso porque as galhadas coçavam muito.

Ele estalou os lábios como se fosse um velho lamentando quão ingênuo tinha sido na juventude. Talvez eu devesse ter contado a Knut que algumas pessoas nunca deixam de ser ingênuas.

A cabana era apoiada em quatro pedras grandes. Não estava trancada, mas foi preciso puxar a porta com força. Dentro havia dois beliches com cobertores de lã e um fogão a lenha, com uma chaleira amassada e uma caçarola ocupando as duas bocas. Havia também um armário embutido cor de laranja, um balde vermelho de plástico e duas cadeiras e uma mesa ligeiramente inclinadas — ou porque estavam tortas ou porque o chão não era nivelado.

A construção tinha janelas. Eu não as havia visto de longe porque eram apenas fendas estreitas que se abriam em cada uma das paredes, exceto na da porta. Ainda assim, deixavam entrar luz suficiente, e podia-se ver qualquer coisa que se aproximasse de qualquer direção. Mesmo quando dei os três passos que separavam uma parede da outra e senti a construção toda balançar, tão instável quanto uma mesa de centro bamba, não mudei de opinião: o lugar era perfeito.

Olhei ao redor e pensei na primeira coisa que meu avô disse quando levou minhas malas para dentro de casa e as abriu: *Mi casa es tu casa*. Mesmo sem saber o significado das palavras, entendi o que ele quis dizer.

— Quer um café antes de voltar? — perguntei, indiferente, ao abrir o compartimento de lenha do fogão. Uma nuvem de poeira saiu de lá.

— Eu tenho 10 anos — respondeu Knut. — Não tomo café. Você precisa de lenha. E de água.

— É verdade. Quer uma fatia de pão, então?

— Você tem um machado? Ou uma faca? — Encarei o menino sem responder. Ele olhou para o teto. Um caçador que não tem uma faca. — Posso emprestar essa aqui por enquanto — disse Knut, levando a mão às costas e sacando uma faca enorme com uma lâmina larga e um cabo de madeira amarelo.

Peguei a faca e virei-a de um lado para o outro, contemplando-a. Pesada, mas não muito, e de fácil manejo. Exatamente como uma boa pistola.

— Seu pai deu isso a você?

— Meu avô. É uma faca lapona.

Combinamos que Knut procuraria lenha e eu buscaria água. O menino evidentemente gostava de receber tarefas de adulto e, sendo assim, pegou a faca e saiu em disparada. Encontrei uma tábua solta na parede dupla. Por trás dela havia uma espécie de material isolante, feito de musgo e turfa, e foi ali que enfiei a pequena bolsinha de dinheiro. Enquanto eu enchia o balde de plástico em um riacho que corria a poucos metros da cabana, era possível ouvir o barulho do aço golpeando os galhos da floresta.

Knut colocou cascas de árvore e gravetos no fogão enquanto eu limpava o monte de cocô de rato dos armários e guardava a comida. Emprestei a ele os fósforos e, em pouco tempo, o fogão estava aceso e a chaleira começava a chiar. Com o pouco de fumaça que escapava do fogão, reparei que os mosquitos começaram a se afastar. Aproveitei para tirar a camisa e jogar água do balde no meu rosto e no meu torso.

— O que é isso? — perguntou Knut, apontando.

— Isso? — falei, segurando a plaqueta de identificação na corrente que trazia no pescoço. — Tem meu nome e minha data de nascimento gravados em metal à prova de bombas, para que possam identificar o corpo.

— Por que iam querer fazer isso?

— Para saber para onde enviar o esqueleto.

— Rá, rá, rá — fez o menino, seco. — *Não* conta como piada.

O chiado suave da chaleira foi substituído por um sibilo de alerta. Enquanto eu enchia uma das canecas de café, Knut já estava prestes a comer a segunda fatia grossa de pão com patê de fígado. Soprei a superfície preta e gordurosa da xícara.

— Café tem gosto de quê? — perguntou Knut, com a boca cheia.

— Na primeira vez o gosto é sempre pior. — Tomei um gole. — Coma logo, depois é melhor você ir andando antes que sua mãe fique preocupada.

— Ela sabe onde estou. — O menino colocou os cotovelos na mesa e apoiou a cabeça nas mãos, esticando as bochechas numa careta. — É uma piada.

O café estava perfeito, e a xícara aquecia minhas mãos.

— Você já ouviu aquela do norueguês, do dinamarquês e do sueco que apostaram quem ia conseguir se inclinar mais para fora da janela?

Knut tirou os braços de cima da mesa e me encarou, cheio de expectativa.

— Não.

— Eles estavam sentados no parapeito da janela. De repente, o norueguês ganhou.

No silêncio que se seguiu, tomei outro gole do café. Supus pela expressão aparvalhada de Knut que ele não havia entendido o final da piada.

— Como ele ganhou? — perguntou ele.

— Como você acha? O norueguês caiu da janela.

— Então o norueguês apostou em si mesmo?

— Obviamente.

— *Não* acho óbvio. Você devia ter falado isso no começo da piada.

— Está bem, mas agora você entendeu. — Suspirei. — O que achou?

Ele levou um dedo ao queixo sardento, o olhar perdido. Então veio a gargalhada. Depois, novamente, o olhar pensativo.

— Um pouco curta — disse ele. — Mas provavelmente é isso que faz com que seja engraçada. Puft, acabou a história. Bom, me fez rir. — Ele deu outra gargalhada.

— Falando em acabar a história...

— Claro — disse ele, levantando-se. — Volto amanhã.

— Sério? Por quê?

— Repelente.

— Repelente?

Ele pegou minha mão e a levou até minha testa. Parecia plástico-bolha, uma bolota ao lado da outra.

— Tudo bem — cedi. — Traga repelente. E cerveja.

— Cerveja? Mas aí você...

— Vai arder no inferno?

— Vai ter que ir a Alta.

Lembrei-me do cheiro da oficina do pai de Knut.

— Destilados.

— Como?

— Bebida artesanal. Moonshine. O que quer que o seu pai tome. Onde ele consegue?

Knut trocou o pé de apoio algumas vezes.

— Com Mattis.

— Ah. O cara baixinho com as pernas tortas que usa um anoraque todo rasgado?

— Esse mesmo.

Tirei uma nota do bolso.

— Veja quanto consegue trazer com esse dinheiro aqui e compre também um sorvete para você. A menos que isso seja pecado, claro.

Ele negou com a cabeça e apanhou a nota.

— Boa noite, Ulf. E mantenha a porta fechada.

— Acho que não tem espaço para novos mosquitos aqui.

— Não estou falando dos mosquitos. Lobos.

Ele estava brincando?

Depois que Knut foi embora, apanhei o rifle e o apoiei em um dos peitoris. Observei a paisagem, a vista percorrendo o horizonte. Vi o menino saltitando pelo caminho de volta. Voltei os olhos na direção do pequeno bosque. Lá estava a rena. No momento em que a vi, ela levantou a cabeça, como se sentisse minha presença. Até onde eu sabia, renas eram bichos que viviam em bandos, então aquela devia ter sido expulsa. Como eu.

Saí da cabana e me sentei para tomar o restante do café. O calor e a fumaça do fogão me causavam uma dor de cabeça lancinante.

Olhei para o relógio. Quase cem horas haviam se passado. Desde o momento em que eu deveria ter morrido. Um bônus de cem horas.

Quando ergui os olhos novamente, a rena estava mais perto.

Capítulo 3

Cem horas atrás.

Mas tudo começou bem antes disso. Como disse, não sei bem como. Vamos dizer que tenha começado um ano antes, no dia em que Brynhildsen veio me encontrar no Slottsparken. Eu estava estressado: tinha acabado de descobrir que ela estava doente.

Brynhildsen tinha um nariz adunco e um bigode fino e já estava ficando careca. Ele trabalhava para Hoffmann quando o Pescador o herdou, junto com o resto do patrimônio do falecido — em outras palavras: a parte de Hoffmann no mercado de heroína, a mulher dele e o enorme apartamento em Bygdøy allé. Brynhildsen disse que o Pescador queria falar comigo e que eu devia ir até a peixaria. Depois foi embora.

Meu avô gostava muito dos provérbios espanhóis que tinha aprendido na época que morou em Barcelona, desenhando sua versão de La Sagrada Familia. Um dos que eu ouvia com mais frequência era: "Não éramos muitos em casa, e então a vovó ficou grávida." O que queria dizer nas entrelinhas: "Como se já não tivéssemos problemas suficientes."

De qualquer forma, fui até a loja do Pescador na Youngstorget no dia seguinte. Não porque quisesse, mas porque a alternativa — não aparecer lá — estava fora de questão. O Pescador era poderoso demais. Perigoso demais. Todo mundo sabia que ele havia explodido a cabeça do Hoffman, afirmando que isso era o que acontecia com quem dava um passo maior do que as pernas. Ou a história dos dois traficantes que trabalhavam para ele e desapareceram de repente, depois de roubarem uma parte das drogas. Ninguém nunca mais viu aqueles dois. Algumas pessoas dizem que as almôndegas de peixe da loja do Pescador ficaram especialmente saborosas nos meses seguintes. E ele não fez nada para calar os rumores. É assim que homens de negócio como o Pescador defendem seu território, com uma mistura de boatos, meias verdades e fatos incontestáveis sobre o que acontece com quem tenta enganá-los.

Eu não havia tentado enganar o Pescador. Mesmo assim, lá estava eu, suando como um viciado em crise de abstinência na loja dele, dizendo meu nome à mulher idosa do outro lado do balcão. Não sei se ela apertou algum botão, mas, pouco depois, o Pescador atravessou a porta vaivém com um largo sorriso, vestido de branco dos pés à cabeça — uma touca branca, camisa e avental brancos, calças brancas e botas brancas —, e estendeu a mão enorme e úmida para mim.

Fomos até os fundos da loja. As paredes eram revestidas de azulejo branco, o piso era branco. Os bancos encostados nas paredes estavam cheios de travessas de metal com filés pálidos marinando na salmoura.

— Desculpe pelo cheiro, Jon, estou fazendo almôndegas de peixe. — O Pescador puxou uma cadeira que estava junto à mesa de metal no meio da sala. — Sente-se.

— Eu só vendo haxixe — falei, enquanto fazia o que ele tinha mandado. — Nunca vendi *speed* nem heroína.

— Eu sei. O motivo pelo qual eu queria falar com você é que você matou um dos meus empregados. Toralf Jonsen.

Olhei para o Pescador, mudo. Eu estava morto. Ia virar almôndega de peixe.

— Muito esperto, Jon. Foi uma jogada inteligente fazer parecer suicídio... Todo mundo sabia que o Toralf era meio... depressivo. — O Pescador cortou um pedaço de um filé e o colocou na boca. — Nem a polícia suspeitou de nada. Tenho que admitir que até eu pensei que o cara tinha se matado. Até que um conhecido na polícia me confidenciou que a pistola encontrada ao lado do corpo estava registrada no seu nome. Jon Hansen. Então resolvi esclarecer a história. Foi aí que a namorada do Toralf nos contou que ele devia dinheiro a você. E que você tinha tentado fazê-lo pagar alguns dias antes de ele morrer. É verdade, não é?

Engoli em seco.

— Toralf fumava muito. A gente se conhecia bem, nós éramos amigos de infância, dividimos apartamento por um tempo, esse tipo de coisa. Então, dei crédito a ele. — Tentei sorrir. Aí me dei conta de que devia estar parecendo ridículo. — É sempre uma idiotice adotar regras diferentes para os amigos quando se está nesse jogo, não é?

O Pescador também sorriu, pegou um dos filés e ficou admirando-o diante dos olhos, virando-o de um lado para o outro.

— Nunca deixe amigos, família ou empregados ficarem devendo dinheiro a você, Jon. Nunca. Então você esqueceu a dívida por um tempo, mas, quando chegou a hora, sabia que as regras tinham que ser mantidas. Você é como eu, Jon. Um homem de princípios. Aqueles que pisam na bola devem ser punidos. Não importa se a transgressão é grande ou pequena. Não importa se é um cara que você mal conhece ou seu próprio irmão. Esse é o único jeito de proteger o território. Mesmo que seja um territoriozinho de merda como o seu no Slottsparken. Quanto você ganha? Cinco mil por mês? Seis?

Dei de ombros.

— Por aí.

— Respeito o que você fez.

— Mas...

— Toralf era extremamente importante para mim. Era meu cobrador. E, quando necessário, meu intermediário. Tinha disposição para dar um jeito nos devedores. Nem todo mundo está preparado para isso nos dias de hoje. As pessoas ficaram moles. Hoje é possível ser mole e ainda assim sobreviver. É... — ele enfiou o filé inteiro na boca — perverso.

Enquanto o Pescador mastigava, eu considerava minhas opções. Levantar e sair correndo pela loja em direção à praça parecia a melhor alternativa.

— Então, como pode perceber, você me causou um problema — concluiu ele.

Obviamente os capangas do Pescador viriam atrás de mim e me pegariam, mas eu teria menos chance de virar almôndega de peixe se eles acabassem comigo no meio da rua.

— Fiquei pensando: quem eu conheço que é capaz de fazer o que precisa ser feito? Que possa matar? Só conheço duas pessoas. Um é eficiente, mas gosta demais de matar, e esse tipo de prazer me parece... — ele cutucou o dente da frente com a unha para remover um pedaço de comida — ... perverso. — Observou a ponta dos dedos. — Além disso, o cara não corta as unhas, e não preciso de uma bichinha pervertida. Preciso de alguém que converse com as pessoas. Que fale primeiro e, depois, se não der certo, dê um jeito na situação. Então, quanto você quer, Jon?

— Como é?

— Quero saber com quanto você ficaria satisfeito. Oito mil por mês?

Pisquei.

— Não? Talvez dez? Mais um bônus de trinta por qualquer um que você consiga matar.

— Você está me perguntando se...?

— Doze. Porra, você é osso duro de roer, Jon. Mas tudo bem, respeito isso também.

Respirei fundo. Ele estava me pedindo para ficar no lugar de Toralf como cobrador e matador.

Engoli em seco. E pensei.

Eu não quero esse trabalho.

Eu não quero esse dinheiro.

Mas eu preciso dele.

Ela precisa dele.

— Doze... — eu disse. — Doze está bom.

Era um trabalho simples.

Tudo o que eu tinha de fazer era ir a certos lugares, apresentar-me como o cobrador do Pescador, e o dinheiro aparecia. Não era exatamente um trabalho duro. Na maior parte do tempo, eu ficava sentado na sala dos fundos da peixaria jogando cartas com Brynhildsen, que trapaceava o tempo inteiro, e com Styrker, que estava sempre falando de seus malditos rottweilers e do quanto eles eram eficientes. Eu ficava entediado, ficava preocupado, mas o dinheiro continuava entrando, e calculei que, se trabalhasse para o Pescador por alguns poucos meses, poderia custear um ano de tratamento. Esperava que isso fosse suficiente. E a gente se acostuma com quase tudo, até com o cheiro de peixe.

Um dia, o Pescador entrou na sala e disse que precisava de mim para um trabalho um pouquinho mais complicado, que requeria tanto discrição como pulso firme.

— Ele vem comprando *speed* de mim há anos — explicou o Pescador. — Como não é amigo, familiar ou empregado, dei a ele certo crédito. Isso nunca foi um problema, mas agora o cara está atrasando demais os pagamentos.

Ele falava de Kosmos, um homem mais velho, que vendia *speed* no Goldfish, um café imundo perto das docas. As janelas eram cinza por conta do tráfego pesado que passava ali em frente e raramente havia mais do que três ou quatro pessoas lá.

O negócio de Kosmos funcionava da seguinte forma: o consumidor de *speed* entrava e se sentava à mesa ao lado, sempre vazia, porque Kosmos jogava o casaco no encosto da cadeira e deixava uma cópia da revista *Hjemmet* sobre a mesa. E ficava em sua própria mesa fazendo palavras cruzadas de um jornal. As minipalavras cruzadas do *Aftenposten* ou do *VG* ou as grandes de Helge Seip no *Dagbladet*. E as da *Hjemmet*, claro. Aparentemente, ele tinha sido campeão nacional de palavras cruzadas da *Hjemmet* duas vezes. O cliente só precisava deixar dentro da revista um envelope com o dinheiro e ir ao banheiro. Quando voltasse, encontraria o *speed* dentro da revista, no lugar da grana.

Era bem cedo e, como sempre, só havia três ou quatro clientes quando cheguei. Sentei-me a duas mesas do velho, pedi um café e comecei a fazer palavras cruzadas. Cocei a cabeça com a caneta e me inclinei na direção dele.

— Com licença?

Tive de repetir duas vezes antes que Kosmos desviasse os olhos de suas próprias palavras cruzadas. Seus óculos tinham lentes alaranjadas.

— Desculpe, mas preciso de uma palavra de seis letras para "débito". Primeira letra "d".

— Dívida — respondeu e olhou para baixo de novo.

— Claro. Obrigado.

Escrevi a palavra, esperei um pouco, tomei um gole do café fraco. Pigarreei.

— Com licença, não quero ficar atrapalhando, mas você poderia me ajudar com "trabalha no mar", oito letras? As primeiras são "p" e "e".

— Pescador — respondeu ele, sem levantar a cabeça, mas senti que levou um susto quando se deu conta do que tinha dito.

— Uma última palavra. Cinco letras, começa com um "m" e tem um "t" no meio.

Ele afastou o jornal e olhou para mim. Seu pomo de adão subiu e desceu no pescoço com barba malfeita.

Sorri como que me desculpando.

— O prazo para a palavra cruzada termina essa tarde. Tenho que ir andando para resolver algumas coisas, mas estarei de volta em duas horas, pontualmente. Vou deixar o jornal aqui para que você possa preencher as respostas, se conseguir.

Fui até o píer, fumei um cigarro e fiquei pensando. Não fazia ideia do que estava acontecendo com o cara, não sabia por que ele não tinha conseguido pagar a dívida. E não queria saber, não queria sua expressão desesperada marcada em minha retina. Não mais uma. O pequeno e pálido rosto no travesseiro com a logomarca gasta do Hospital Ullevål era o suficiente.

Quando voltei, Kosmos parecia concentrado em suas palavras cruzadas, mas, quando abri meu jornal, havia um envelope dentro.

O Pescador me disse mais tarde que o cara pagou tudo o que devia e que eu era bom no meu trabalho. Mas de que servia isso? Eu havia falado com os médicos. O prognóstico não era bom. Ela não duraria nem um ano se não completasse o tratamento. Então fui ao Pescador e expliquei a situação. Falei que precisava de um empréstimo.

— Desculpe, Jon. Não posso. Você é meu empregado, não é?

Assenti. Que diabos eu poderia fazer?

— Mas talvez eu tenha uma solução para seu problema. Preciso que você apague uma pessoa.

Que merda.

Isso iria acontecer mais cedo ou mais tarde, mas eu esperava que fosse mais tarde. Depois que eu tivesse juntado dinheiro suficiente e pudesse pedir demissão.

— Ouvi dizer que sua frase favorita é "a primeira vez é sempre a pior" — continuou ele. — Então você está com sorte. Quer dizer, não é a sua primeira vez.

Tentei sorrir. Afinal, ele não tinha como saber. Que eu não tinha matado Toralf. Que a pistola registrada em meu nome era uma arma de baixo calibre feita para clubes de tiro; que Toralf me pediu que a comprasse para um trabalho, já que ele próprio não podia fazer isso porque ele era registrado como dissidente da Alemanha Oriental. Então eu — que nunca tinha sido preso nem como traficante de haxixe nem por qualquer outro motivo

— comprei a arma para ele e cobrei uma pequena taxa. Nunca mais a vi. Acabei desistindo do dinheiro que havia tentado reaver por conta do tratamento dela. O filho da mãe do Toralf, depressivo e drogado, havia feito exatamente o que parecera ter feito: ele tinha se matado.

Eu não tinha princípios. Nem dinheiro. Mas também não tinha sangue nas mãos.

Não ainda.

Um bônus de trinta mil.

Já era um começo. Um bom começo.

Acordei assustado. As picadas de mosquito coçavam, roçando no cobertor de lã. Mas não foi isso que me acordou. Um uivo lamuriante havia quebrado o silêncio do planalto.

Um lobo? Eu achava que eles uivavam para a lua, no inverno, não para a porra do sol, que continuava naquele céu luminoso e sem cor. Devia ser um cachorro: os lapões usam cães para pastorear as renas, não?

Virei-me para o outro lado no beliche estreito, esquecendo o ombro machucado; praguejei e voltei para a posição em que estava antes. O uivo parecia muito distante, mas quem poderia saber? No verão, a velocidade do som é supostamente mais lenta e tem menor amplitude do que no inverno. Talvez a fera estivesse bem ali.

Fechei os olhos, mas sabia que não conseguiria voltar a dormir.

Então levantei, apanhei o binóculo e fui até a janela para perscrutar o horizonte.

Nada.

Só o tique-taque, tique-taque.

Capítulo 4

Knut trouxe um repelente brilhoso, grudento e fedido, que bem podia ser napalm. E duas garrafas sem rótulo, fechadas com rolhas de cortiça, que continham um líquido claro e fétido que com certeza era napalm. A manhã não trouxe alívio ao sol implacável da noite, nem ao vento que assobiava na chaminé. As sombras das nuvens minúsculas esgueiravam-se pela paisagem monótona e desoladora como rebanhos de renas, dando ao verde pálido da vegetação, por um instante, uma coloração mais escura, engolindo os reflexos do sol nos pequenos lagos distantes e o brilho dos cristais de orvalho nas rochas. Como uma súbita nota grave em uma música alegre. Porém, por enquanto era apenas em uma escala menor.

— A mamãe falou que você é bem-vindo para se juntar a nossa congregação na casa de orações — disse o menino. Ele estava sentado na minha frente, do outro lado da mesa.

— É mesmo? — perguntei, com uma das garrafas na mão. Coloquei a rolha novamente no bocal sem experimentar o conteúdo. Preliminares. Era preciso prolongá-las; isso tornava as coisas ainda melhores. Ou piores.

— Ela acha que você pode ser salvo.

— E você?

— Acho que você não quer ser salvo.

Eu me levantei e caminhei até a janela. A rena macho estava de volta. Quando vi o bicho mais cedo naquela manhã, me dei conta de que sentia certo alívio. Lobos. Eles foram extintos da Noruega, certo?

— Meu avô desenhava igrejas — eu disse. — Era arquiteto. Mas não acreditava em Deus. Dizia que, quando a gente morre, a gente morre. Estou mais inclinado a acreditar nisso.

— Ele também não acreditava em Jesus?

— Se não acreditava em Deus, dificilmente acreditaria no filho dele, Knut.

— Entendi.

— Entendeu. Então?

— Ele vai arder no inferno.

— Hum. Nesse caso, ele já está ardendo lá há um tempão, porque morreu quando eu tinha 19 anos. Você não acha que isso é um pouquinho injusto? Basse era um homem bom, ajudava as pessoas, muito mais do que muitos cristãos que conheci. Se eu pudesse ser a metade do homem que meu avô foi...

Pisquei. Meus olhos ardiam, e comecei a ver pontinhos prateados flutuando em meu campo de visão. Seria efeito do sol nas minhas retinas ou eu estava ficando cego pelo reflexo da neve em pleno verão?

— Meu avô diz que fazer coisas boas não é o suficiente, Ulf. Seu avô está ardendo no inferno agora, e você vai ser o próximo.

— Sei. E você está me dizendo que, se eu for à congregação e disser sim a Jesus e ao tal de Læstadius, vou para o paraíso mesmo se não fizer nada para ajudar ninguém?

O menino coçou a cabeça de cabelos avermelhados.

— Simmmm. Se você aceitar o laestadianismo de Lyngen.

— Tem outras subdivisões?

— Tem os Primogênitos em Alta, os lundberguianos no sul de Tromsø e os antigos laestadianos nos Estados Unidos e...

— Todos esses vão para o inferno?

— Meu avô diz que sim.

— Parece que vai sobrar muito espaço no paraíso. Você já se perguntou o que aconteceria se nós trocássemos de avôs? Aí você teria sido um ateu, e eu, um laestadiano. E aí você é que ia arder no inferno.

— Talvez, mas ainda bem que é você quem vai para o inferno, Ulf.

Suspirei. A paisagem era tão estática ali. Parecia que nada acontecia, que nada poderia acontecer, como se a imobilidade fosse o estado natural das coisas.

— Ulf?

— Diga.

— Você sente falta do seu pai?

— Não.

Knut se surpreendeu.

— Ele não era legal?

— Acho que sim. Mas a gente esquece as coisas quando é criança.

— Isso não é errado? — perguntou ele, baixinho. — Não sentir falta do pai?

Olhei para ele.

— Acho que não — balbuciei. Meu ombro doía. Eu precisava de uma bebida.

— Você é sozinho, Ulf? Você não tem *ninguém?*

Pensei por um momento. Tive que *pensar* para responder. Meu Deus.

Fiz que não com a cabeça.

— Adivinha em quem estou pensando, Ulf.

— No seu pai e no seu avô?

— Não. Estou pensando na Ristiinna.

Nem me dei ao trabalho de perguntar como ele esperava que eu adivinhasse isso. Minha língua parecia uma esponja seca, mas eu teria de esperar até o menino terminar de falar e ir embora. Afinal, ele tinha trazido até o troco do dinheiro.

— Então, quem é a Ristiinna? — perguntei, finalmente.

— Ela está no quinto ano. Tem cabelo dourado e comprido. Agora está no acampamento de verão em Kautokeino. Era para a gente estar lá também.

— Que lugar é esse?

— É só um acampamento.

— E o que vocês fazem lá?

— Nós, crianças, brincamos. Quando não está tendo sermão nem encontro da congregação, claro. Só que agora o Roger vai perguntar a Ristiinna se ela quer ser namorada dele. E eles vão poder até se beijar.

— Beijar não é pecado, então?

O menino balançou a cabeça. Ergueu uma das sobrancelhas.

— Não sei. Antes de ela ir eu disse que a amava.

— Você disse que amava a menina, assim, direto?

— Sim. — Ele se inclinou para a frente e sussurrou, o olhar distante. — "Eu te amo, Ristiinna." — Em seguida voltou a atenção para mim novamente. — Fiz mal?

Sorri.

— Não exatamente. O que ela disse?

— Tudo bem.

— Ela disse "tudo bem"?

— Sim. O que você acha que isso significa, Ulf?

— Quem pode saber? Talvez tenha sido demais para ela. "Amor" é uma palavra forte. Mas talvez ela queira pensar no assunto.

— Você acha que tenho alguma chance?

— Com certeza.

— Mesmo que eu tenha uma cicatriz?

— Que cicatriz?

Ele levantou o curativo da testa. A pele pálida ainda mostrava as marcas de pontos.

— O que aconteceu?

— Caí da escada.

— Diga a ela que você lutou com uma rena, que vocês estavam disputando para ver quem levava a melhor. E que você venceu, obviamente.

— Você é idiota? Ela não vai acreditar nisso!

— Claro que não, porque é uma piada. As meninas gostam de caras engraçados.

Ele mordeu o lábio.

— Você não está mentindo, está, Ulf?

— Tudo bem, olhe só: se você não conseguir nada com essa garota nesse verão, vai encontrar outras Ristiinnas em outros verões. Você vai conquistar muitas garotas.

— Por quê?

— Por quê? — Olhei para o menino de cima a baixo. Será que ele era meio pequeno para a idade? Bom, com certeza estava acima da média em inteligência. Cabelo vermelho com sardas não é uma combinação das mais atraentes para as mulheres, mas a moda vem e vai. — Se quer saber, para mim, você é o Mick Jagger de Finnmark.

— Hein?

— James Bond?

O menino olhou para mim, inexpressivo.

— Paul McCartney — tentei de novo. Nenhuma reação.

— Dos Beatles. *She loves you, yeah, yeah, yeah.*

— Você não canta muito bem, Ulf.

— Verdade. — Abri a porta do forno, passei um pano úmido lá dentro e, em seguida, retirei-o e esfreguei as cinzas na mira gasta e limpa do rifle. — Por que você não está no acampamento de verão?

— O papai foi pescar bacalhau. Temos que esperar por ele.

A expressão do menino ao dizer isso, com um leve movimento involuntário no canto da boca, denunciou que alguma coisa não ia bem. Mas decidi não fazer perguntas. Verifiquei a mira. Com alguma sorte, talvez agora ela não refletisse a luz do sol, denunciando assim minha localização quando eu os tivesse no alvo.

— Vamos lá fora — falei.

O vento tinha espantado os mosquitos, e nós nos sentamos ao sol. A rena se afastou quando saímos da cabana. Knut tinha sua faca em punho e afiava um galho.

— Ulf?

— Você não precisa repetir meu nome toda vez que quiser perguntar alguma coisa.

— Tudo bem, mas, Ulf?

— Diga.

— Você vai ficar bêbado quando eu for embora?

— Não — menti.

— Que bom.

— Você está preocupado comigo?

— Só acho um pouco ridículo você acabar...

— Ardendo no inferno?

Ele riu. Então ergueu o galho, tentando assobiar.

— Ulf?

Suspirei, exausto.

— O que foi?

— Você assaltou um banco?

— De onde você tirou isso?

— É que você tem um monte de dinheiro.

Peguei um cigarro. Fiquei brincando com o maço.

— Viajar sai caro — falei. — E não tenho talão de cheques.

— E a pistola no bolso do seu paletó?

Encarei o garoto enquanto tentava acender o cigarro, mas o vento não estava ajudando. Ele tinha vasculhado meu paletó antes de me acordar na igreja.

— É preciso ter cuidado quando se tem dinheiro, mas não talões de cheques.

— Ulf?

— Diga.

— Você também não mente muito bem.

Eu ri.

— O que vai fazer com esse galho?

— Um tolete para um remo — disse ele, entalhando o graveto.

Tudo ficou mais tranquilo depois que o menino foi embora. Óbvio. Mas eu não me importaria se ele quisesse ficar mais um pouco. Precisava admitir que ele me divertia.

Sentei-me e cochilei. Esfreguei os olhos e vi que a rena tinha se aproximado novamente. Devia estar se acostumando comigo. Parecia tão só. As renas deveriam estar gordas nessa época do ano, mas aquele macho parecia muito magro. Magro, grisalho, com grandes chifres inúteis que provavelmente teriam atraído algumas fêmeas no passado, mas que agora deviam só atrapalhar.

O bicho estava tão perto que eu podia ouvi-lo mastigar. Levantou a cabeça e olhou para mim. Bem, na minha direção. As renas não têm boa visão. Guiam-se pelo cheiro. Ele sentia meu cheiro.

Fechei os olhos.

Isso foi há quanto tempo? Dois anos? Um? O cara que eu devia apagar se chamava Gustavo, e eu o ataquei ao amanhecer. Ele morava sozinho em uma pequena casa abandonada feita de madeira, espremida entre os cortiços de Homansbyen. Havia neve recente, mas a previsão era de que o clima ficaria melhor durante o dia, e me lembro de ter pensado que minhas pegadas iriam derreter.

Toquei a campainha e, quando o cara abriu a porta, coloquei a arma em sua testa. Ele recuou, e eu o segui. Fechei a porta. A casa cheirava a fumaça e gordura. O Pescador havia dito que descobrira que Gustavo, um dos seus traficantes de rua permanentes, estava roubando dinheiro e mercadoria. Meu trabalho era atirar nele, simples assim. E se eu tivesse feito isso ali, naquela hora, as coisas teriam sido bem diferentes. Mas cometi dois erros: olhei para o rosto dele. E o deixei falar.

— Você vai atirar em mim?

— Vou — respondi, em vez de atirar. Ele tinha olhos casta-
nhos de cachorro pidão e um bigode que caía nas laterais da
boca, dando-lhe uma expressão triste.

— Quanto o Pescador está pagando?

— O suficiente.

Apertei o gatilho. Um dos olhos do cara estremeceu. Ele
bocejou. Ouvi dizer que os cachorros bocejam quando estão
nervosos. Mas o gatilho não funcionou. Ou melhor, meu dedo
não funcionou. Puta merda. No corredor atrás de Gustavo, vi
um par de luvas e um gorro de lã azul em uma estante.

— Coloque o gorro — ordenei.

— O quê?

— O gorro de lã. Coloque-o e cubra o rosto. Agora. Ou...

Ele fez o que mandei. Agora parecia uma cabeça de boneca
azul e fofa, sem feições. Ainda tinha uma aparência patética
parado ali com sua barriguinha de cerveja coberta por uma
camiseta Esso, os braços pendendo nas laterais do corpo. Mas
achei que conseguiria fazer aquilo. Desde que não precisasse
olhar para o rosto dele. Mirei no gorro.

— A gente pode dividir. — Vi a boca dele se mexendo por
trás da lã.

Atirei. Tive certeza disso. Mas não devo tê-lo feito, porque
ainda podia ouvir a voz dele:

— Se me deixar vivo, pode ficar com metade do dinheiro e
das anfetaminas. São 90 mil só em dinheiro. E o Pescador nunca
vai descobrir, porque vou desaparecer para sempre. Vou sair
do país, consigo uma nova identidade. Juro.

O cérebro é uma coisa estranha e admirável. Enquanto uma
parte do meu cérebro sabia que aquela era uma ideia imbecil e

mortal, a outra a considerava seriamente. Noventa mil. Mais o bônus de 30 mil. E eu não precisaria atirar no cara.

— Se você aparecer de novo, estarei acabado — avisei.

— Nós dois vamos estar acabados. Você pode ficar com a bolsinha de dinheiro.

Porra.

— O Pescador está esperando um corpo.

— Diga que teve que se livrar do corpo.

— Por que eu teria que fazer isso?

Silêncio por baixo do gorro. Por dois segundos.

— Porque o corpo apresentava evidências incriminadoras contra você. Você atirou na minha cabeça, mas a bala não saiu do corpo. Isso é plausível, com essa arma de baixo calibre que você tem aí. A bala ficou alojada na minha cabeça e poderia ligar você ao assassinato, porque você usou essa arminha de brinquedo em outro tiroteio. Então você teve que arrastar meu corpo até o seu carro é afundá-lo no Bunnefjorden.

— Eu não tenho carro.

— Você pega o meu, então. A gente pode abandoná-lo no Bunnefjorden. Você tem carteira de motorista?

Assenti. E em seguida me dei conta de que ele não podia me ver. E de que aquilo tudo era uma péssima ideia. Levantei a pistola novamente. Tarde demais, ele já havia tirado o gorro e estava sorrindo para mim. Com os olhos animados. Um dente de ouro brilhando.

Pensando agora, é fácil questionar os motivos pelos quais não atirei em Gustavo no porão, *depois* que ele tinha me dado o dinheiro e as drogas que estavam enterrados no depósito de carvão. Eu poderia simplesmente ter apagado a luz e atirado na nuca dele. O Pescador teria o corpo, eu teria *todo* o dinheiro, não só metade, e não ficaria encucado pensando que Gustavo poderia reaparecer. Deveria ter sido um cálculo simples para um cérebro maravilhoso. E era. O problema é que, para mim, valia muito mais a pena não meter uma bala na cabeça dele. No fundo não passo de um tolo fraco e patético que merece todo esse destino de merda.

Mas Anna não o merecia.

Anna merecia mais.

Ela merecia uma chance de viver.

Ouvi um estalo.

Abri os olhos. A rena estava fugindo.

Alguém se aproximava.

Capítulo 5

Eu o vi através do binóculo.

Ele vinha claudicando; tinha pernas tão tortas e era tão baixinho que a urze roçava sua virilha.

Abaixei o rifle.

Quando ele chegou à cabana, tirou o chapéu de curinga e limpou o suor da testa. Sorriu.

— Uma *viidna* geladinha cairia bem agora.

— Infelizmente não tenho...

— Aquavita dos lapões. Destilada pelo melhor deles. Você tem duas garrafas.

Dei de ombros, e entramos na cabana. Abri uma das garrafas. Coloquei o líquido claro e de temperatura ambiente em duas canecas.

— Tim-tim — disse Mattis, levantando uma delas.

Não falei nada e apenas despejei o veneno goela abaixo.

Ele rapidamente seguiu meu exemplo. Limpou a boca.

— Isso foi bom. — E estendeu a caneca na minha direção.

Eu a enchi outra vez.

— Você seguiu Knut?

— Sabia que a *viidna* não era para o pai dele, então precisava me assegurar de que o menino não estava pensando em beber isso. É preciso ter certa responsabilidade. — Ele sorriu, e um líquido marrom escorreu pelo lábio superior de Mattis e pelos dentes amarelados. — Então é aqui que você está.

Assenti.

— Como está indo a caçada?

— Não há muitos tetrazes por aí, foi um ano ruim para os ratos e os lemingues.

— Você tem um rifle. E há muitas renas selvagens em Finnmark.

Tomei um gole da caneca. O gosto era realmente ruim, mesmo que o primeiro gole já tivesse entorpecido minhas papilas.

— Estive pensando, Ulf. O que um homem como você faz em uma pequena cabana em Kåsund? Você não está caçando. Não veio para buscar paz e silêncio, ou teria dito isso. Então o que é?

— Como você acha que o tempo vai ficar? — Enchi novamente a caneca. — Mais vento? Menos sol?

— Perdoe-me por perguntar, mas você está fugindo de alguém. É da polícia? Ou está devendo dinheiro para alguém?

Bocejei.

— Como você sabia que a bebida não era para o pai de Knut?

Uma ruga surgiu em sua testa baixa e larga.

— Hugo?

— Senti o cheiro na oficina dele. O cara não é abstêmio.

— Você esteve na oficina dele? Lea deixou que você entrasse na casa dela?

Lea. O nome dela era Lea.

— Você, um infiel? Isso é que... — Mattis se interrompeu de repente, o rosto abrindo-se em um sorriso, e se inclinou na minha direção, soltando uma risada enquanto me dava um tapa no ombro machucado. — É isso! Mulheres! Você é um desses mulherengos. Está sendo caçado por um homem casado, não é?

Passei a mão no ombro.

— Como você adivinhou?

Mattis apontou para os olhos estreitos e oblíquos.

— Nós, lapões, somos filhos da terra, sabe? Vocês, noruegueses, seguem o caminho da razão. Nós somos apenas tolos intuitivos que não entendem nada de nada, mas nós *sentimos* coisas, *vemos* coisas.

— Lea me emprestou esse rifle. Até que o marido dela volte da pescaria.

Mattis olhou para mim. Sua mandíbula rangia, fazendo um movimento semicircular. Ele tomou um pequeno gole de sua caneca.

— Nesse caso, você vai poder ficar com a espingarda por um bom tempo.

— É?

— Você me perguntou como eu sabia que a bebida não era para Hugo. Bom, é porque Hugo não vai voltar da pescaria. — Outro golinho. — Essa manhã ouvi dizer que encontraram o colete salva-vidas dele. — Mattis voltou a olhar para mim. — Lea não disse nada sobre isso? Não, imagino que ela não teria dito nada mesmo. O pessoal na paróquia vem rezando por Hugo há uns quinze dias. Eles, os laestadianos, acham que assim podem salvá-lo, não importa quão ruim o tempo esteja no mar. Qualquer outra coisa seria um sacrilégio.

Então era a isso que Knut se referia quando falou que sua mãe estava mentindo ao dizer que ele não devia se preocupar com o pai.

— Mas agora estão aliviados — continuou Mattis. — Agora vão poder dizer que Deus enviou um sinal.

— Então a guarda costeira encontrou o colete hoje pela manhã?

— Guarda costeira? — Mattis riu. — Não, eles cessaram as buscas há mais de uma semana. Foi outro pescador quem encontrou o colete salva-vidas na água a oeste de Hvassøya. — Ele percebeu meu olhar questionador. — Os pescadores escrevem seus nomes na parte de dentro do colete. Coletes salva-vidas flutuam melhor do que os pescadores. Assim, os parentes podem ter certeza.

— Uma tragédia.

Ele ficou olhando para o nada com uma expressão distraída.

— Ah, existem muitas tragédias piores do que ser viúva de Hugo Eliassen.

— O que você quer dizer com isso?

— Vai saber... — Mattis baixou o olhar para a caneca vazia, concentrado. Não sei por que ele estava tão disposto a beber comigo, devia ter muitos engradados daquilo em casa. Talvez a matéria-prima fosse cara. Enchi a caneca dele. Os lábios do lapão ficaram úmidos com a bebida. — Desculpe — falou, e deixou escapar um peido. — Bom, os irmãos Eliassens eram realmente impetuosos quando jovens. Aprenderam a lutar cedo. Aprenderam a beber cedo. Aprenderam a conseguir o que queriam cedo. E aprenderam tudo com o pai, claro, que era dono de dois barcos e tinha oito homens trabalhando neles. Lea era a garota mais bonita de Kåsund naquela época, com o cabelo preto comprido e aqueles olhos. Mesmo com a cicatriz. O pai dela, Jakob, o pastor, a vigiava como um falcão. Sabe, se um laestadiano trepa fora do casamento, vai direto para o inferno e leva todo mundo junto, o cara, a garota, os filhos. Não que Lea não soubesse tomar conta de si. Ela é forte e sabe o que quer. Mas, obviamente, quando se trata de Hugo Eliassen...

Ele soltou um suspiro profundo e girou a caneca nas mãos. Aguardei até me dar conta de que Mattis estava esperando que eu o incitasse a continuar.

— O que aconteceu?

— Ninguém além dos dois sabe de fato, mas foi meio estranho. Lea tinha 18 anos e nunca havia prestado a menor atenção nele; Hugo tinha 24 e estava furioso porque achava que Lea devia adorar o chão que ele pisava, já que era herdeiro de uns barcos de pesca. Houve uma festa com bebedeira na casa dos Eliassens e um encontro de oração no salão laestadiano. Lea foi para casa a pé, sozinha. Era a estação escura do ano, então ninguém viu nada, mas alguém disse ter ouvido as vozes de Lea e Hugo, aí houve um grito, seguido de silêncio. Um mês depois, Hugo estava no altar vestido com esmero, observando Jakob Sara trazer a filha pelo corredor da igreja com uma expressão gélida. Ela tinha lágrimas nos olhos e hematomas no pescoço e no rosto. E vou te dizer uma coisa, aquela foi a última vez que alguém viu machucados nela. — Ele virou o restante do conteúdo da caneca em um só gole e se levantou.— Mas quem sou eu para saber qualquer coisa, sou só um lapão miserável, talvez tenham sido felizes. Alguns devem ser felizes mesmo, porque as pessoas estão sempre casando. E é por isso que eu preciso ir para casa, porque tenho que entregar a bebida para um casamento que vai acontecer em Kåsund dentro de três dias. Você vai?

— Eu? Temo não ter sido convidado.

— Ninguém precisa de convite, todos são bem-vindos aqui. Você já esteve em um casamento lapão?

Fiz que não com a cabeça

— Então você precisa ir. A festa dura três dias, ou até mais. Comida boa, mulheres animadas e bebidas do Mattis.

— Obrigado, mas tenho muito que fazer aqui.

— Aqui? — Ele riu e colocou o chapéu na cabeça. — Você vai acabar vindo, Ulf. Três dias sozinho no planalto é algo mais solitário do que você imagina. Essa quietude mexe com você, especialmente se morou em Oslo por alguns anos.

Percebi que ele sabia do que estava falando, embora não me lembrasse de ter dito de onde eu era.

Quando saímos da cabana, a rena estava a uns dez metros de distância. O bicho levantou a cabeça e olhou para mim. Então, como se tivesse se dado conta da minha proximidade, afastou-se alguns passos para, em seguida, se virar e trotar para longe.

— Você não falou que as renas daqui eram dóceis? — perguntei.

— Nenhuma rena é completamente dócil — respondeu Mattis. — E aquela ali tem um dono. A marca que tem na orelha diz quem a roubou.

— O que é esse estalido quando o animal corre?

— São os tendões nos joelhos do bicho. É um bom sinal de alerta para o caso de o marido traído aparecer, não é? — E riu alto.

Eu tinha de admitir que aquele pensamento já havia me ocorrido: aquele bicho era um bom cão de guarda.

— Vejo você no casamento, Ulf. A cerimônia é às dez, e garanto que vai ser linda.

— Obrigado, mas acho que não vou.

— Tudo bem, então. Tchau, tenha um bom dia e até logo. E, se for a algum lugar, desejo uma boa viagem.

Mattis escarrou. A secreção era tão espessa que a urze afundou sob o peso da gosma. Ele seguiu em frente, rindo consigo mesmo, caminhando em direção ao vilarejo.

— E se ficar doente — disse, por sobre o ombro —, desejo que melhore rápido.

Capítulo 6

Tique-taque, tique-taque.

Fitei o horizonte. Mais precisamente na direção de Kåsund. Mas talvez eles viessem pelo caminho mais longo, pela floresta, e me atacassem pelas costas.

Eu me permitia apenas pequenas doses de bebida, mas, mesmo assim, terminei a primeira garrafa ainda no primeiro dia. E consegui esperar até a metade do dia seguinte para abrir a segunda.

Minha vista ardia mais agora. Quando finalmente me deitei na cama e fechei os olhos, disse a mim mesmo que ouviria os tendões dos joelhos da rena se alguém se aproximasse.

Em vez disso, ouvi os sinos da igreja.

A princípio, não consegui distinguir do que se tratava. Era trazido pelo vento, uma leve lembrança de um som. Quando a brisa leve começou a soprar com mais intensidade do vilarejo, ouvi claramente. Sinos tocando. Olhei para o relógio. Onze. Será que isso queria dizer que era domingo? Decidi que sim, e que, de agora em diante, saberia sempre que dia da semana era. Porque eles viriam em um dia de semana. Em um dia útil.

Eu vagava entre a vigília e a sonolência. Não conseguia evitar. Era como estar sozinho em um barco em mar aberto — você dorme esperando não bater em nada, torcendo para a embarcação não virar. Talvez por isso eu tenha sonhado que estava remando um barco cheio de peixes. Peixes que salvariam Anna. Eu estava com pressa, mas contra o vento, e remava e remava até minhas mãos ficarem esfoladas. O sangue, no entanto, fazia com que os remos escorregassem, por isso arranquei a camiseta e amarrei faixas de tecido em torno deles. Lutava contra o vento e a correnteza, mas não conseguia me aproximar da terra. Então, de que adiantava o barco estar cheio de grandes e deliciosos peixes?

Terceira noite. Acordei me perguntando se o uivo que tinha escutado era sonho ou realidade. De qualquer forma, o cachorro, ou o que quer que fosse, estava se aproximando. Saí da cabana para fazer xixi e olhei para o sol que se misturava às árvores. Em comparação com o dia anterior, uma parte maior do disco se escondia atrás das magras copas.

Tomei uma bebida e consegui dormir por mais algumas horas.

Eu me levantei, fiz café, passei manteiga em uma fatia de pão, saí e me sentei do lado de fora. Não sei se foi o repelente ou o álcool em meu sangue, mas os mosquitos finalmente se cansaram de mim. Tentei atrair a rena para perto com um pedaço de pão. Fiquei observando-a pelo binóculo. Ela levantou a cabeça e olhou para mim. Presumi que era capaz de sentir meu cheiro tão bem quanto eu conseguia enxergá-la. Acenei. As orelhas se mexeram, mas, tirando esse movimento, a expressão do bicho permaneceu imutável. Como a paisagem. As mandíbulas continuaram a se mover como se fossem um misturador de cimento. Um ruminante. Como Mattis.

Esquadrinhei o horizonte com o binóculo. Esfreguei cinzas úmidas nas lentes do rifle. Consultei o relógio. Talvez esperassem até ficar mais escuro para se aproximarem sem serem vistos. Eu precisava dormir. Eu precisava arranjar alguns comprimidos de Valium.

Ele apareceu na minha porta às seis e meia da manhã.

Quase não acordei com a campainha. Valium e tampões de ouvido. E pijama. O ano todo. As antigas e imprestáveis janelas de vidro único do flat deixavam passar tudo: as tempestades de outono, o frio do inverno, a cantoria do passarinho e o barulho daquela merda de caminhão de lixo que dava marcha a ré na entrada do pátio três vezes por semana — em outras palavras, bem embaixo da janela do meu quarto no primeiro andar.

Claro que eu tinha dinheiro suficiente naquela droga de bolsinha para instalar janelas de vidro duplo, ou para me mudar para um andar mais alto, mas nem todo dinheiro do mundo podia trazer de volta o que eu havia perdido. E, desde o enterro, eu não tinha conseguido fazer mais nada. Exceto trocar a fechadura. Instalei uma fechadura alemã do caralho. O apartamento nunca havia sido invadido antes, mas nunca se sabe.

Ele parecia um menino vestido com um dos ternos do pai. Um pescoço esquelético preso pelo colarinho da camisa, uma enorme cabeça e uma franja rala.

— Pois não?

— O Pescador me mandou aqui.

— Tudo bem. — Fiquei calmo, apesar de estar de pijama.
— E quem é você?

— Sou novo, meu nome é Johnny Moe.

— Tudo bem, Johnny. Você poderia ter esperado até nove da manhã e então me encontraria na sala dos fundos da peixaria. Vestido e tudo mais.

— Estou aqui por causa de Gustavo King...

Merda.

— Posso entrar?

Enquanto eu considerava o pedido, olhei para a protuberância na parte esquerda de seu paletó de tweed. Uma pistola grande. Talvez por isso ele estivesse usando um paletó tão grande.

— É só para esclarecer algumas coisas — disse. — O Pescador insiste.

Recusar o pedido pareceria suspeito. E seria inútil.

— Claro — falei, abrindo a porta. — Café?

— Só tomo chá.

— Infelizmente não tenho chá.

Ele ajeitou a franja para um dos lados. A unha do dedo indicador era mais comprida.

— Não disse que queria chá, Sr. Hansen, disse apenas que é a única bebida que eu tomo. Essa é a sala de estar? Por favor, o senhor primeiro.

Entrei na sala, tirei algumas edições da *Mad* e alguns discos de Mingus e Monica Zetterlund de uma das cadeiras e me sentei. Ele afundou nas molas arruinadas do sofá, ao lado do violão. Afundou tanto que teve de afastar a garrafa de vodca vazia que estava em cima da mesa para me ver direito. E ter uma linha de tiro desimpedida.

— O corpo do Sr. Gustavo King foi encontrado ontem — anunciou. — Mas não em Bunnefjorden, onde você disse ao Pescador que o tinha despejado. A única coisa que combina com sua versão é que o cara levou uma bala na cabeça.

— Merda, o corpo foi removido? Para onde...?

— Salvador, Brasil.

Assenti lentamente.

— Quem...?

— Eu — respondeu, enfiando a mão direita dentro do casaco. — Com isso aqui. — Não era uma pistola, era um revólver. Grande, preto e sórdido. E o efeito do meu Valium já havia vencido. — Morreu anteontem. E estava bem vivo até a ocasião.

— Como você o encontrou?

— Se você se senta em um bar em Salvador todas as noites e fica se gabando de ter enganado o rei das drogas da Noruega, o rei das drogas da Noruega acaba sabendo disso mais cedo ou mais tarde.

— Que tolice da parte dele.

— Mas nós o teríamos encontrado de qualquer jeito.

— Mesmo acreditando que ele estivesse morto?

— O Pescador nunca desiste de procurar um devedor até ver o cadáver. Nunca. — Os lábios finos de Johnny se curvaram em algo semelhante a um sorriso. — E o Pescador sempre encontra o que procura. Eu e você podemos não saber como, mas ele sabe. Sempre. É por isso que o chamam de Pescador.

— Gustavo falou alguma coisa antes que você...

— O Sr. King confessou tudo. Por isso atirei na cabeça.

— O quê?

Johnny Moe pareceu dar de ombros, mas o movimento foi quase imperceptível por causa do paletó grande demais.

— Dei a ele a opção de ser do modo mais rápido ou mais lento. Se ele não colocasse as cartas na mesa, seria do jeito lento. Presumo que você, como capanga do Pescador, saiba o efeito de um tiro bem dado nas entranhas. O ácido do estômago no baço e no fígado...

Mesmo sem ter a menor ideia do que ele estava falando, eu tinha certa capacidade de imaginação.

— O Pescador queria que eu desse a você a mesma escolha.

— Se eu c-c-confessar? — Eu batia os dentes.

— Se você nos devolver o dinheiro e as drogas que o Sr. King roubou do Pescador... a sua metade.

Assenti. A desvantagem do efeito do Valium ter acabado era que eu estava apavorado, e é uma merda estar apavorado. A vantagem é que eu tinha capacidade de pensar um pouco. E me ocorreu que aquele momento era uma cópia do que havia acontecido entre mim e Gustavo, daquele amanhecer. E se eu fizesse o mesmo que ele?

— Podemos dividir tudo — falei.

— Como você e Gustavo fizeram? — questionou Johnny. — Para você acabar como ele e eu acabar como você? Não, obrigado. — Ele ajeitou a franja para o lado. A unha raspou a pele da testa, me fazendo pensar nas garras de uma águia. — O modo mais rápido ou o mais lento, Sr. Hansen?

Engoli em seco. Pense, pense. Mas, em vez de uma solução, tudo o que eu conseguia ver era minha vida — minhas escolhas, minhas más escolhas. Ali sentado em silêncio, ouvi um motor a diesel, vozes, risadas despreocupadas do lado de fora da janela. O lixeiro. Por que não me tornei um lixeiro? Trabalho honesto, limpo, a serviço da sociedade — voltaria para casa feliz. Sozinho, mas pelo menos deitaria na cama com algum grau de satisfação. Espere aí. Cama. Talvez...

— O dinheiro e a mercadoria estão lá no quarto — eu disse.

— Vamos lá.

Levantamos.

— Por favor — falou ele, acenando com o revólver. — Os mais velhos primeiro, depois os mais bonitos.

Enquanto caminhávamos alguns passos pelo corredor até o quarto, visualizei o que iria acontecer. Eu me aproximaria da cama, com o cara atrás de mim. Pegaria minha pistola, me viraria, sem olhar para a cara dele, e atiraria. Simples. Era ele ou eu. Tudo que eu precisava fazer era não olhar para a cara dele.

Chegamos ao quarto. Aproximei-me da cama. Peguei o travesseiro. Peguei a pistola. Virei-me. A boca do cara ficou aberta. Os olhos arregalados. Ele sabia que ia morrer. Eu atirei.

Quer dizer, eu *quis* atirar. Todas as fibras do meu corpo quiseram atirar. E atiraram. Com exceção do meu dedo indicador direito. Tinha acontecido de novo.

Ele ergueu o revólver e mirou em mim.

— Isso foi muita idiotice da sua parte, Sr. Hansen.

Não foi *idiotice*, pensei. Idiotice foi pegar o dinheiro para o tratamento apenas uma ou duas semanas depois que a doença já havia progredido e então era tarde demais, *isso* sim foi idiotice. Misturar vodca com Valium, isso era idiotice. Mas não conseguir atirar quando sua própria vida está em risco é uma incapacidade genética. Uma aberração evolutiva. O futuro da humanidade só estaria garantido com minha imediata extinção.

— Na cabeça ou no estômago?

— Na cabeça — falei, e me aproximei do guarda-roupa. Tirei de lá uma pasta marrom que continha a bolsinha com dinheiro e os sacos de anfetamina. Virei-me para encará-lo. Vi um dos seus olhos sob a mira do revólver, o outro meio fechado, a garra de águia no gatilho. Por um momento, me perguntei o que ele estava esperando. Até que me dei conta. O lixeiro. Ele não queria que o lixeiro ouvisse o tiro, e o cara estava bem embaixo da janela.

Bem embaixo da janela.

Primeiro andar.

Vidro fino.

Talvez meu criador darwiniano não tivesse desistido de mim, afinal, porque, ao me virar e dar os três passos em direção à janela, eu tinha apenas uma coisa em mente: sobrevivência.

Não posso dizer com certeza que os detalhes que se seguem estão inteiramente corretos, mas acho que eu segurava a pasta — ou a pistola — diante do meu corpo quando estilhacei o vidro como se ele fosse uma bolha de sabão e, no momento seguinte, eu estava voando. Aterrissei no teto do caminhão de lixo com meu ombro esquerdo, rolei e senti o calor do metal aquecido pelo sol no meu abdome, em seguida deslizei pela lateral do veículo até que meus pés descalços tocassem o asfalto.

As vozes tinham silenciado, e dois homens vestidos com macacões marrons estavam ali paralisados, apenas olhando. Puxei a calça do pijama, que tinha escorregado para baixo, e peguei a mala e a pistola. Fitei a janela. Por trás da moldura de vidro quebrado, Johnny olhava para mim.

Cumprimentei-o com um aceno de cabeça.

Ele me deu um sorriso torto e levou o dedo indicador que tinha a unha grande até a testa. Um gesto que, pensando agora, me pareceu uma espécie de cumprimento: eu tinha ganhado aquele *round*. Mas nós nos encontraríamos novamente. Assim, eu me virei e comecei a correr pela rua sob o sol fraco da manhã.

Mattis estava certo.

A paisagem e toda aquela tranquilidade estavam mexendo comigo.

Passei anos morando sozinho em Oslo, mas, depois de três dias aqui, o isolamento exercia uma pressão em mim; era como um soluço silencioso, uma sede que nenhuma água ou luar podia saciar. Observei o planalto vazio e o céu cinzento e sombrio, e não havia sinal da rena. Dei uma olhada nas horas.

O casamento. Eu nunca tinha estado em um casamento antes. O que isso diz a respeito de um cara de 35 anos? Que ele não tem amigos? Ou simplesmente que tem os amigos errados, o tipo de gente que as pessoas não querem ter por perto, que dirá se casar?

Então, sim, olhei meu reflexo no balde de água, dei uma escovada no meu paletó, enfiei a pistola no cós da calça e parti em direção a Kåsund.

Capítulo 7

Quando os sinos da igreja começaram a soar de novo, eu já havia caminhado o suficiente para ver o vilarejo lá embaixo. Acelerei o passo. Estava mais frio. Talvez porque o céu estivesse nublado. Talvez porque o verão por aqui acabe de uma hora para a outra.

Não tinha vivalma à vista, mas havia vários carros estacionados na estrada de cascalho em frente à igreja, e ouvi o som de um órgão vindo lá de dentro. Será que a noiva estava a caminho do altar, ou isso era apenas um ensaio? Como disse, nunca fui a um casamento. Olhei para os carros estacionados, para ver se a noiva não estaria em um deles, esperando o momento de entrar. Reparei que todas as placas começavam com um Y, o que indicava que os veículos eram de Finnmark. Todos, exceto um, uma perua preta enorme que não tinha nenhuma letra antes do número. Era de Oslo.

Subi os degraus e, cuidadosamente, abri a porta. Os poucos bancos estavam cheios, mas consegui encontrar um lugar em um dos assentos nos fundos da igreja. A música parou, e eu olhei lá para a frente. Não vi nenhum casal de noivos, então, pelo menos, eu havia chegado a tempo de acompanhar a cerimônia toda. Havia um monte de casacos de estilo lapão à minha frente, porém menos do que eu esperava ver em um casamento lapão. No primeiro banco, vi a parte de trás de duas cabeças que reconheci. O cabelo vermelho bagunçado de Knut e a cascata de cachos pretos e cintilantes de Lea. Os cabelos dela estavam parcialmente cobertos por um véu. De onde eu estava sentado, não conseguia ver muita coisa, mas presumi que o noivo deveria estar sentado na frente, perto do altar, com o padrinho ao lado, esperando a noiva. Ouvi sussurros, tosses e choros. E havia algo de comovente naquela congregação tão reservada e sombria que, ainda assim, se emocionava por um jovem casal.

Knut se virou e olhou ao redor. Tentei captar seu olhar, mas ele não me viu, ou pelo menos não esboçou qualquer reação ao meu sorriso.

O som do órgão voltou, e a congregação se uniu a ele com uma empolgação extraordinária. *"Meu Deus, estar mais perto de ti..."*

Não que eu soubesse muito sobre hinos religiosos, mas me pareceu uma escolha estranha para um casamento. E eu nunca tinha ouvido um hino cantado tão devagar. A congregação prolongava as vogais até o limite: *"Meu Deus, estar mais perto de ti, mesmo que seja uma cruz para mim..."*

Depois de uns cinco versos fechei os olhos. Talvez por puro tédio, ou quem sabe pela sensação de segurança de estar em meio a um grupo de pessoas depois de tantos dias de vigilância, acabei pegando no sono.

Acordei com um sotaque sulista.

Limpei a baba dos cantos da boca. Talvez alguém tivesse me cutucado no ombro machucado — estava doendo, de qualquer forma. Esfreguei os olhos. Vi pequenas crostas amareladas de remela na ponta dos dedos. O homem que falava com sotaque sulista lá na frente usava óculos, tinha o cabelo meio grisalho e ralo e vestia a batina que eu havia usado como coberta.

— ... Mas ele também tinha fraquezas — disse. *Fraquezas.* — Do tipo que todos temos. Era um homem que não gostava de ser confrontado quando estava em pecado, que perdeu suas posses e esperou que seus problemas fossem simplesmente desaparecer se sumisse por um tempo. Mas todos sabemos que não se pode escapar da punição do Senhor, ela sempre vai nos encontrar. Era uma das ovelhas perdidas do rebanho de Jesus, uma das que se separaram do rebanho, uma das que Jesus Cristo se dispôs a resgatar e salvar em sua misericórdia se o pecador orasse pelo perdão do Senhor na hora da morte.

Aquilo não era uma cerimônia de casamento. Não havia nenhum casal no altar. Endireitei-me no banco e estendi o pescoço. E então vi, bem em frente ao altar. Um enorme caixão.

— Ainda assim, talvez ele esperasse esquecer o passado quando partiu em sua última viagem. Talvez esperasse que suas dívidas expirassem, que seus pecados fossem perdoados sem que tivesse de oferecer reparação. Talvez tenha confessado tudo, da forma como todos devemos fazer.

Olhei para a saída. Dois homens estavam de pé, um de cada lado da porta, os braços cruzados na frente do corpo. Os dois me encaravam. De ternos pretos. Roupa de capangas. E a perua de Oslo parada do lado de fora. Eu tinha sido enganado. Mattis fora enviado à cabana para me tirar da minha fortaleza e me trazer para o vilarejo. Para um velório.

— E é por isso que estamos aqui diante desse caixão vazio...

Meu funeral. Um caixão vazio esperando por mim.

Minha testa ficou molhada de suor. Qual seria o plano, como eles fariam? Esperariam até a cerimônia acabar ou me despachariam ali mesmo, na frente de todo mundo?

Levei a mão às costas para me assegurar de que a pistola estava ali. Deveria tentar sair dali atirando? Ou me levantar e apontar para os dois caras da porta, gritando que eram matadores de Oslo enviados por um traficante de drogas? Mas de que isso adiantaria, se as pessoas do vilarejo tinham comparecido voluntariamente ao velório de um estranho do sul? O Pescador devia ter pagado a elas; ele havia até mesmo conseguido envolver Lea na conspiração. Ou, se o que ela dissera era verdade e as pessoas não dessem muita importância para posses terrenas por aqui, talvez os capangas do Pescador tivessem espalhado algum boato sobre mim, dizendo que eu era a encarnação do diabo. Só Deus sabe como eles tinham conseguido fazer isso. Tudo que eu sabia era que precisava dar o fora dali.

De canto de olho, vi que um dos capangas se inclinava para sussurrar alguma coisa para o outro. Era a minha chance. Segurei o punho da pistola, puxei-a para fora da calça e me levantei. Tinha de atirar agora, antes que eles tivessem tempo de se virar em minha direção. Assim eu não veria seus rostos.

— ... por Hugo Eliassen, que foi para o mar sozinho mesmo com o tempo ruim. Para pescar bacalhau, como ele disse. Ou para fugir de suas questões não resolvidas.

Sentei-me pesadamente no banco de novo e enfiei a pistola no cós da calça.

— Esperamos que, como cristão, ele tenha se colocado de joelhos no barco e rezado, pedido perdão, implorado para entrar no Reino dos Céus. Muitos de vocês aqui conheciam Hugo melhor do que eu, e as pessoas com quem conversei disseram acreditar que ele tenha feito exatamente isso, porque era um homem temente a Deus; acredito que Jesus, nosso pastor, ouviu suas preces e trouxe a ovelha de volta para o rebanho.

Só agora me dava conta de como meu coração batia forte, como se fosse sair do peito.

A congregação começou a cantar de novo.

— *O puro e poderoso rebanho...*

Alguém me entregou uma cópia dos hinos religiosos de Landstad e apontou para a página amarelada com um gesto amigável. Eu me juntei à congregação no segundo verso. De puro alívio e gratidão. Agradeci à providência por me permitir viver um pouco mais.

Do lado de fora da igreja, fiquei observando a perua preta se afastar com o caixão.

— Bom — disse um senhor idoso que parou ao meu lado. — Uma sepultura na água é melhor do que sepultura nenhuma.

— É...

— Você deve ser o rapaz que está ficando na cabana de caça — disse, olhando em minha direção. — Então, caçou algum tetraz?

— Não muitos.

— Certo, nós teríamos ouvido os disparos. O som viaja longas distâncias com o clima assim.

— Por que a perua tinha uma placa de Oslo?

— É coisa do Aronsen, ele é um exibido. Comprou o carro lá, e ouso dizer que isso o faz se sentir mais importante.

Lea estava parada nos degraus da igreja ao lado de um homem alto, de cabelo loiro. Ela cumprimentou rapidamente a fila de pessoas que desejavam prestar condolências e, pouco antes de o carro com o caixão desaparecer de nosso campo de visão, disse:

— Bom, vocês estão todos convidados para um café. Obrigada por terem vindo e, para aqueles que não se juntarão a nós, vão em paz.

Ocorreu-me que havia algo de estranhamente familiar na imagem dela ao lado daquele homem, como se eu já tivesse visto a cena antes. Veio uma rajada de vento, e o homem alto perdeu ligeiramente o equilíbrio.

— Quem é aquele ao lado da viúva? — perguntei.

— Ove? É irmão do falecido.

Claro, na foto de casamento. Ela deve ter sido tirada exatamente no mesmo lugar. Nos degraus da igreja.

— Irmão gêmeo?

— Gêmeos em tudo — disse o senhor idoso. — Vamos tomar um café e comer bolo?

— O senhor viu Mattis?

— Qual Mattis?

Então havia mais de um.

— Você quer dizer o Mattis bebum?

Esse havia só um.

— Provavelmente está no casamento dos Migals, em Ceavccageadge.

— Como é?

— Em Transteinsletta, lá para baixo, perto da pedra de óleo de fígado de bacalhau. — Ele apontou para a direção do mar, mais ou menos para o local onde eu me lembrava de ter visto um píer. — Os pagãos adoram seus falsos ídolos lá. — E deu de ombros. — Vamos então?

No silêncio que se seguiu, pensei distinguir ao longe o som de batuques e música. Algazarra. Bebedeira. Mulheres.

Eu me virei e vi Lea de costas, caminhando para casa. Levava Knut pela mão. O irmão do morto e os outros seguiam à distância, em uma procissão silenciosa. Passei a língua pela boca, sentindo que ainda estava seca da soneca. Do susto. Da bebedeira, talvez.

— Um café seria bom — eu disse.

A casa parecia muito diferente cheia de gente.

Abri caminho entre as pessoas que eu não conhecia e que me seguiam com olhares e expressões de curiosidade. Todo mundo ali se conhecia. Encontrei Lea na cozinha, onde cortava um bolo em fatias.

— Meus sentimentos — falei.

Ela olhou para meu braço estendido e trocou a faca para a mão esquerda. Pedra lisa aquecida pelo sol. Olhar firme.

— Obrigada. Como está indo lá na cabana?

— Tudo bem, obrigado. Estou voltando para lá, agora. Só vim para prestar condolências, já que não consegui cumprimentá-la na igreja.

— Você não precisa ir embora tão rápido, Ulf. Coma um pedaço de bolo.

Olhei para o bolo. Não gosto de bolo. Nunca gostei. Minha mãe dizia que eu era uma criança diferente.

— Bom, tudo bem — eu disse. — Muito obrigado.

As pessoas começaram a se juntar atrás da gente, então peguei o prato de bolo e fui para a sala de estar. Acabei em um canto perto da janela, oprimido pelo escrutínio intenso e silencioso, e fiquei ali olhando para o céu, como se estivesse preocupado com a possibilidade de chover.

— A paz de Cristo.

Virei-me. Exceto por uma mecha grisalha nas têmporas, o homem na minha frente tinha o mesmo cabelo preto de Lea. E o mesmo olhar direto e desafiador. Eu não soube o que responder. Repetir "a paz de Cristo" seria muito falso, mas "oi" era informal demais, quase insolente. Então recorri a um duro "bom dia", mesmo que fosse um cumprimento inadequado para a ocasião.

— Sou Jakob Sara.

— Iulf... é... Ulf Hansen.

— Meu neto disse que você conta piadas.

— Ele disse isso?

— Mas não soube me dizer qual é a sua profissão. Ou o que você está fazendo aqui em Kåsund. Apenas que você pegou emprestado o rifle do meu genro. E que não é um homem de fé.

Assenti suavemente, o tipo de gesto que não é nem uma confirmação nem uma negação, que meramente demonstra que você ouviu o que foi dito. Enfiei um pedação de bolo na boca para ganhar alguns segundos para pensar. Continuei mastigando e assentindo.

— Isso não é da minha conta, de qualquer forma — continuou o homem. — Nem o que você faz nem quanto tempo vai ficar aqui. Mas vejo que gosta de bolo de amêndoa.

Jakob me dirigiu um olhar firme, e mal consegui engolir o bolo. Em seguida, ele colocou a mão sobre meu ombro machucado.

— Jovem, lembre-se de que a misericórdia de Deus é infinita. — Fez uma pausa, e senti o calor da mão dele atravessar minha roupa e chegar à minha pele. — Quase infinita.

Ele sorriu e se afastou, aproximando-se de outro grupo de enlutados, e eu os ouvi murmurarem "a paz de Cristo".

— Ulf?

Não era preciso me virar para saber quem era.

— Vamos brincar de "esconderijo secreto"?

— Knut, eu...

— Por favor!

— Bom... — Olhei para o que tinha sobrado do bolo. — O que é "esconderijo secreto"?

— É uma brincadeira. A gente deve se esconder onde nenhum adulto possa achar. Não vale correr, ou gritar ou rir, e não vale se esconder em lugares bobos. A gente brinca disso nos encontros da paróquia. É divertido. Eu procuro primeiro.

Olhei em volta. Não havia outras crianças no local, só Knut. Estava sozinho no velório do pai. Esconderijo secreto. Por que não?

— Vou contar até 33 — sussurrou ele. — Valendo.

Knut virou o rosto para a parede, como se estivesse admirando a fotografia de casamento dos seus pais. Abandonei discretamente o prato de bolo e saí da sala de estar pelo corredor. Dei uma olhada na cozinha, mas Lea não estava mais lá. Fui para o lado de fora da casa. O vento estava ficando mais forte. Contornei o carro velho. Algumas gotas de chuva atingiram o vidro do carro, e o vento começou a assobiar. Continuei caminhando até os fundos da casa. Apoiei-me na parede que ficava logo abaixo da janela da oficina e acendi um cigarro.

Foi só quando o vento amainou um pouco que pude ouvir as vozes vindas da oficina.

— Pare com isso, Ove! Você está bêbado, não sabe o que está dizendo.

— Não resista, Lea. Você não devia ficar muito tempo de luto. Hugo não ia querer isso.

— Você não sabe o que Hugo ia querer!

— Bom, eu sei o que *eu* quero. O que sempre quis. E você também.

— Pare com isso, Ove, senão vou gritar.

— Como gritou naquela noite com Hugo? — Uma risada rouca de bêbado. — Você discute demais, Lea, mas no final das contas acaba obedecendo aos homens. Como obedeceu a Hugo, como obedeceu a seu pai. E como vai me obedecer.

— Nunca!

— É assim que fazemos as coisas na nossa família, Lea. Hugo era meu irmão; agora que ele se foi, você e Knut são minha responsabilidade.

— Ove, já chega.

— Pergunte ao seu pai.

No silêncio que se seguiu, pensei se deveria sair dali.

Fiquei onde estava.

— Você é viúva e mãe, Lea. Seja razoável. Eu e Hugo compartilhávamos tudo, ele ia querer isso, garanto a você. E é o que *eu* quero. Agora, venha aqui, me deixe... ai! Mulher maldita!

Uma porta bateu.

Ouvi mais xingamentos sendo murmurados. Alguma coisa caiu no chão. Bem nessa hora, Knut apareceu nos fundos da casa. Ele abriu a boca para gritar, e eu me preparei para o berro que denunciaria minha presença ali.

Mas nada aconteceu, foi como um filme mudo.

Esconderijo secreto.

Joguei o cigarro no chão, corri na direção dele e fiz um gesto resignado. Levei o menino até a garagem.

— Vou contar até 33 — falei e apoiei a testa no Volkswagen vermelho da mãe dele. Ouvi os passos de Knut se afastando e a porta da frente abrir.

Quando terminei de contar, entrei na casa outra vez.

Ela estava sozinha na cozinha mais uma vez, descascando batatas.

— Oi — cumprimentei, discretamente.

Ela ergueu os olhos. As bochechas estavam coradas, os olhos, brilhantes.

— Desculpe — falou, fungando.

— Você devia ter pedido ajuda para preparar o jantar hoje.

— Todos se ofereceram, mas acho que é melhor eu me manter ocupada.

— Sim, talvez você esteja certa — falei, sentando-me em uma cadeira junto à mesa da cozinha. Percebi que o corpo dela se retesou um pouco. — Você não precisa dizer nada. Só queria me sentar um pouco antes de ir embora, e lá fora... Bom, não tenho muito que conversar com os outros.

— Exceto com Knut.

— Ele é quem mais fala nas conversas. Garoto esperto. Pensa demais para um menino dessa idade.

— Ele tem muitas coisas em que pensar.

Ela limpou o nariz com as costas da mão.

— É.

Senti que estava prestes a dizer algo, que as palavras estavam a caminho, mas eu não sabia bem quais. Então, quando elas vieram à tona, foi como se tivessem se formulado sozinhas, como se eu não pudesse controlá-las, apesar de serem fruto da mais pura lógica.

— Se você quiser ficar só com Knut, mas não tiver certeza se vai conseguir se sustentar, eu realmente gostaria de ajudar.

Olhei para minhas mãos. Ouvi o trabalho com as batatas ser interrompido.

— Não sei por quanto tempo vou viver — falei. — E não tenho família nem herdeiros.

— O que está dizendo, Ulf?

Pois é, o que exatamente eu estava dizendo? Será que esses pensamentos tinham surgido nos poucos minutos em que fiquei embaixo da janela?

— Apenas que, se eu desaparecer, então você deve procurar embaixo de uma das tábuas soltas à esquerda do armário embutido. Atrás dos musgos.

Ela deixou o descascador de batata cair na pia e olhou para mim com uma expressão preocupada.

— Você está doente, Ulf?

Fiz que não com a cabeça.

Ela me encarou com aqueles olhos azuis distantes. Os olhos nos quais Ove tinha se afogado. Ele certamente havia se afogado neles.

— Então acho que você não deve pensar nessas coisas — disse Lea. — Knut e eu vamos ficar bem, portanto, não se preocupe com isso também. Se você está procurando alguma coisa com que gastar seu dinheiro, tem muita gente no vilarejo em situação bem pior.

Senti meu rosto corar. Ela virou as costas para mim e voltou a descascar as batatas. Parou mais uma vez ao ouvir o arrastar da minha cadeira.

— Mas agradeço por ter vindo, já que você animou Knut.

— Não, eu é que agradeço — falei, saindo pela porta.

— E...

— Sim?

— Vamos ter um encontro de orações daqui a dois dias. Às seis horas. Como eu disse, você é muito bem-vindo.

Encontrei Knut no que imaginei ser o quarto dele. Embaixo da cama, com as pernas finas para o lado de fora. Ele usava um par de chuteiras que era pelo menos dois números menores. Ele riu quando o puxei para fora e o coloquei em cima do colchão.

— Estou indo embora.

— Já? Mas...

— Você tem uma bola de futebol?

Ele assentiu, fazendo beicinho.

— Ótimo, então pode praticar os chutes na parede da garagem. Desenhe um círculo, mire bem nele e depois tente dominar a bola quando ela voltar para você. Se fizer isso mil vezes, vai estar muito melhor do que os outros do time quando eles voltarem das férias de verão.

— Eu não estou no time.

— Mas vai estar se fizer isso.

— Não estou no time porque não tenho permissão para jogar.

— Não tem permissão?

— A mamãe deixa, mas o vovô diz que o esporte desvia nossa atenção de Deus, que o resto do mundo pode passar seus domingos berrando e correndo atrás de uma bola, mas, para nós, domingo é o dia da Palavra.

— Entendo — menti. — E o que o seu pai dizia sobre isso?

O garoto deu de ombros.

— Nada.

— Nada?

— Ele não ligava. Ele só queria saber de... — Knut se interrompeu.

O menino tinha lágrimas nos olhos. Passei o braço em torno dos ombros dele. Não precisava ouvir nada. Porque eu já sabia, já havia conhecido muitos Hugos, alguns tinham sido meus clientes. Eu mesmo era chegado nesse tipo de fuga, precisava dessa válvula de escape. Mas ali, sentado junto com Knut e sentindo o soluçar silencioso que sacudia o corpo quente do menino, não pude deixar de pensar que nenhum pai deveria fugir *disso*, que nenhum pai deveria *querer* escapar. Era uma bênção e uma maldição que mantinha os homens nas rédeas. Mas quem era eu para dizer qualquer coisa sobre isso. Eu que, estando ou não de acordo, abandonei o barco antes mesmo que ela tivesse nascido. Soltei Knut.

— Você vem ao encontro de orações? — perguntou.

— Não sei, mas tenho um trabalho para você.

— Legal!

— É tipo esconderijo secreto, não pode dizer nada a ninguém.

— Ótimo.

— Quando o ônibus passa aqui?

— Quatro vezes por dia. Duas vindo do sul, duas do leste. Duas durante o dia e duas à noite.

— Tudo bem. Preciso que você fique de olho no ônibus diurno que vem do sul. Se alguém que você não conhece descer do ônibus, você vai direto falar comigo. Não corra, não grite, não diga nada. Faça o mesmo se aparecer um carro com placa de Oslo. Você entendeu? Vou te dar cinco coroas cada vez que fizer isso.

— É como... uma missão de espionagem?

— Mais ou menos isso.

— São as pessoas que vão trazer a sua espingarda?

— Até mais, Knut.

Passei a mão no cabelo do menino e me levantei.

Na saída, dei de cara com o homem alto e loiro cambaleando junto à porta do banheiro. Ele ainda tentava afivelar o cinto, atrapalhado, e escutei o som da descarga. Ele levantou o rosto e olhou para mim. Ove Eliassen

— A paz de Cristo — cumprimentei-o.

Senti seu olhar pesado e bêbado às minhas costas.

Fiz uma pausa na caminhada pouco depois de sair da estrada. O som dos batuques chegava até mim pelo vento. Mas eu já havia saciado a fome, já havia saciado a necessidade de ver outras pessoas.

— Acho que é hora de ir para casa chorar um pouco — dizia Toralf de vez em quando, tarde da noite. Isso sempre fazia os outros bêbados rirem. Se era isso que Toralf pretendia, era outra questão. — Coloca aí aquele cara furioso — continuava ele quando a gente entrava em casa. — Vamos curtir essa fossa.

Não sei se ele de fato gostava de Charles Mingus ou de qualquer outro dos meus discos de jazz ou se apenas queria a companhia de outro infeliz. Às vezes, era eu quem acompanhava Toralf no lado mais escuro da noite.

— Agora estamos devidamente na merda! — E ele ria.

A gente chamava esses momentos de buraco negro. Eu tinha lido que um cara chamado Finkelstein havia descoberto buracos no espaço que sugavam tudo o que estivesse próximo para seu interior, mesmo a luz, e que, de tão negros, era impossível observá-los a olho nu. E a sensação era exatamente essa. Você não via nada, estava apenas levando sua vida, e de repente simplesmente sentia que havia sido atraído para aquele campo gravitacional, que estava perdido, que havia sido sugado para dentro do buraco negro da desesperança e do desespero infinito. E nele tudo era um reflexo do mundo exterior, e você se perguntava se havia alguma razão para ter esperança, se havia algum motivo para *não* se desesperar. A única coisa possível era deixar o tempo passar, colocar um disco de outra alma deprimida, o cara furioso do jazz, Charles Mingus, e sair do outro lado do buraco, da mesma forma que Alice tinha saído daquela toca de coelho de merda. E, de acordo com Finkelstein e os outros, talvez fosse exatamente assim, talvez houvesse um tipo de país das maravilhas, um reflexo do nosso mundo, do outro lado do buraco negro. Não sei, mas me parece uma crença tão boa e sólida quanto qualquer outra.

Olhei para onde a trilha me levava. A paisagem parecia se elevar e se desfazer em nuvens. Em algum lugar dessa paisagem, a longa noite escura começou.

Capítulo 8

Bobby era uma das garotas do Slottsparken. Tinha cabelo castanho bem comprido e olhos escuros e fumava haxixe. É óbvio que essa é uma descrição extremamente superficial de qualquer pessoa, mas são as primeiras coisas que me vêm à cabeça. Ela não falava muito, mas fumava bastante, o que fazia com que seus olhos fossem dóceis. Éramos muito parecidos. O nome verdadeiro dela era Borgny, e vinha de uma família rica dos arredores da zona oeste. Bom, não tão rica quanto ela fazia supor; é que Bobby gostava da ideia de ser uma jovem rebelde hippie fugindo do conservadorismo, da estabilidade financeira e dos ideais da direita para... Bem, para quê? Para pôr em prática algumas ideias ingênuas sobre como viver a vida, expandir a consciência e romper com convenções sociais tradicionais. Por exemplo, a convenção de que, quando um homem e uma mulher têm um bebê, isso implica certa responsabilidade para ambos. Como eu disse, éramos bastante parecidos.

Estávamos sentados no Slottsparken, ouvindo um cara tocar uma versão duvidosa de "The Times They Are A-Changin" em um violão desafinado, quando Bobby me contou que estava grávida. E que tinha certeza de que eu era o pai.

— Legal, vamos ser pais — falei, tentando não parecer uma pessoa que acabou de levar um balde de água fria na cabeça.

— Você só vai ter que pagar uma pensão.

— Bem, claro que vou ficar satisfeito em fazer minha parte. Vamos enfrentar isso juntos.

— Eu vou estar junto com alguém — disse ela. — Mas não com você.

— Ah... Com quem, então?

— Com Ingvald — respondeu, fazendo um gesto com a cabeça na direção do cara do violão. — Estamos juntos agora, e ele disse que adoraria ser pai. Desde que você pague a pensão, claro.

E foi assim que aconteceu. Quer dizer, Ingvald não ficou muito tempo por perto. Quando Anna nasceu, Bobby já estava com outro cara cujo nome começava com "I", Ivar, talvez. Ela permitia que eu visse Anna muito ocasionalmente, em intervalos irregulares, mas nunca conversamos a respeito de eu cuidar da bebê. E acho que eu também não queria isso, não naquela época. Não que eu não me importasse com ela — eu me apaixonei por ela no instante em que a vi. Seus olhos irradiavam uma espécie de brilho azul quando ela me fitava do carrinho de bebê, balbuciando. Mesmo que eu não a conhecesse muito bem, ela se tornou a coisa mais valiosa da minha vida da noite para o dia.

Talvez fosse por isso. Era tão pequena e frágil, e tão preciosa, que eu não queria tomar conta dela sozinho. Não podia, não ousaria. Porque acabaria fazendo alguma coisa errada, alguma coisa irreversível. Eu tinha certeza de que causaria algum estrago permanente em Anna. Não que eu seja uma pessoa irresponsável ou relapsa. É que costumo tomar péssimas decisões. Por isso, sempre estou disposto a seguir o conselho de qualquer estranho e deixar decisões importantes a cargo de outras pessoas. Mesmo quando sei que elas — e esse era o caso de Bobby — não são muito melhores do que eu nisso. *Covardia* é provavelmente a palavra que estou procurando. Então fiquei fora da jogada, vendendo haxixe e dando a Bobby metade do dinheiro uma vez por semana, ocasião em que eu aproveitava para ver aquele mágico brilho azul dos olhos sorridentes de Anna, e algumas vezes até pegá-la no colo enquanto tomávamos um café, nas ocasiões em que Bobby não estava com um namorado.

Eu disse a ela que, se conseguisse ficar afastada do Slottsparken e da droga, eu me manteria longe dos policiais, do Pescador e de outros problemas. Porque ela e Anna não conseguiriam se sustentar se eu acabasse atrás das grades. Como eu disse, os pais de Bobby não tinham tanto dinheiro assim, mas eram tão classe média e conservadores que deixaram muito claro que não queriam nada com a filha hippie promíscua e usuária de haxixe, e que ela e o pai da criança teriam de se virar sozinhos, provavelmente com a ajuda do Estado.

Enfim, chegou o dia em que Bobby me disse que não tinha mais como cuidar da bendita criança. Anna vinha chorando, estava com febre e com o nariz sangrando havia quatro dias. Quando olhei para a cama, a luz azul dos olhos da pequena tinha sido substituída por semicírculos azuis logo abaixo deles; ela estava pálida e tinha estranhos hematomas azulados nos joelhos e cotovelos. Levei-a ao médico e, três dias depois, veio o diagnóstico. Leucemia aguda. Um bilhete só de ida para a morte. Os médicos deram a ela quatro meses. Todo mundo ficava dizendo que essas coisas acontecem, que são tão aleatórias quanto um raio, impiedosas, sem sentido.

Fiquei furioso, tentei me informar melhor, fiz ligações telefônicas, verifiquei informações, visitei especialistas e, finalmente, descobri que havia um tratamento para leucemia na Alemanha. Nem todos ficavam curados, custava uma fortuna, mas eles ofereciam uma coisa importante: esperança. O governo da Noruega tinha outras prioridades com que gastar seu dinheiro que não minha frágil esperança; muito sensível da parte dele. Os pais de Bobby disseram que a doença era obra do destino e uma questão a ser resolvida pelo sistema de saúde da Noruega, portanto, não pagariam por uma cura fantasiosa na terra dos nazistas. Fiz as contas. Nem se eu vendesse cinco vezes mais haxixe, teria o dinheiro todo a tempo. Mas tentei, trabalhei em turnos de dezoito horas e expandi as vendas como um louco, chegando até a catedral quando Slottsparken ficava silencioso durante a noite. Quando fui ao hospital, me perguntaram por que ninguém havia ido até lá nos últimos três dias.

— Bobby não esteve aqui?

A enfermeira e o médico negaram com a cabeça, disseram que tentaram ligar para ela, mas o telefone parecia ter sido cortado.

Quando fui até a casa de Bobby, encontrei-a deitada na cama, dizendo que estava doente e que não tinha conseguido pagar a conta do telefone por minha culpa. Fui até o banheiro e, quando fui jogar a guimba de cigarro no lixo, encontrei algodão com sangue. Mais no fundo da lixeira, encontrei a seringa. Talvez eu estivesse esperando por aquilo: tinha visto almas mais frágeis que a de Bobby cruzarem o limiar.

Então, o que eu fiz?

Nada.

Deixei Bobby lá, tentei me convencer de que Anna estava melhor com as enfermeiras do que com seus pais, vendi haxixe e juntei dinheiro para aquela droga de cura milagrosa na qual eu me forçava a acreditar, porque a alternativa a isso era insuportável, porque meu medo de que a menininha com o brilho azul nos olhos morresse era ainda maior do que o medo da minha própria morte. Encontramos conforto onde podemos: em uma revista científica alemã, em uma seringa cheia de heroína, em um novo livro que promete vida eterna, contanto que você se subordine a quem quer que seja o novo salvador que acabaram de inventar. Então vendi haxixe e contei as coroas, e contei os dias.

Foi nessa situação que o Pescador me ofereceu o emprego.

Mais dois dias. As nuvens estavam pesadas, mas não tinham virado chuva. A terra girava, mas o sol não havia aparecido. As horas tornavam-se ainda mais monótonas, se é que isso era possível. Tentei dormir, mas isso acabou sendo impossível sem o Valium.

Eu estava ficando louco. Ainda mais louco. Knut estava certo. *Não tem nada pior do que não saber quando a bala está vindo.*

No fim da tarde do segundo dia, eu não aguentava mais.

Mattis havia dito que o casamento duraria três dias.

Lavei-me no riacho. Nem reparava mais nos mosquitos, agora eles só me incomodavam quando pousavam nos meus olhos, na boca ou em um pedaço de pão. Meu ombro já não doía. Quando acordei no dia seguinte ao velório, a dor tinha desaparecido. Pensei um pouco, tentando lembrar se eu tinha feito alguma coisa em particular, mas não consegui me lembrar de nada.

Depois de me lavar, enxaguei minha camisa e a torci, vestindo-a de novo na esperança de que estivesse razoavelmente seca quando eu chegasse ao vilarejo. Cogitei se deveria ou não levar a pistola. No fim das contas, decidi deixá-la, e a escondi atrás dos musgos, ao lado da bolsinha de dinheiro. Olhei para o rifle e para a caixa com munição. Lembrei-me do que Mattis havia dito. Que a única razão pela qual ninguém roubava nada em Kåsund era que não havia nada que valesse a pena ser roubado. Não havia espaço para o rifle atrás da tábua, então, enrolei-o num feltro que encontrei embaixo do beliche e o escondi sob quatro pedras grandes perto do riacho.

Então saí.

Mesmo com o vento forte, havia algo pesado no ar que parecia pressionar minhas têmporas. Como se houvesse trovões a caminho. Talvez a festa já tivesse chegado ao fim, e a bebida, acabado. Talvez as mulheres disponíveis já estivessem ocupadas. Contudo, conforme eu me aproximava, ouvia os mesmos batuques de dois dias antes. Passei pela igreja e caminhei em direção ao píer. Segui o som.

Deixei a estrada principal e virei à direita, até a colina. Diante de mim, uma pequena península rochosa se estendia em direção ao mar azul acinzentado. Na parte mais estreita da península, imediatamente abaixo de mim, ficava uma trilha plana e bem-delimitada, e era ali que os convidados estavam dançando. Uma grande fogueira ardia ao lado de uma rocha de cinco a seis metros de altura, que mais parecia um obelisco.

Ao redor dela havia dois círculos de pedras menores. Não havia exatamente uma simetria entre as rochas, nenhum padrão identificável, mas tive a impressão de que elas eram a fundação de uma construção que nunca fora finalizada. Ou talvez de uma construção em ruínas, que tinha sido destruída ou incendiada. Caminhei na direção deles.

— Oi — gritou um jovem alto e loiro que usava um casaco lapão e estava mijando num arbusto nos limites da clareira. — Quem é você?

— Ulf.

— O sulista! Antes tarde do que nunca. Seja bem-vindo! — Ele balançou o pau, fazendo algumas gotas caírem para todos os lados, colocou-o dentro da calça e estendeu a mão para me cumprimentar. — Sou Kornelius, primo de segundo grau de Mattis! Sou, sim.

Relutei em apertar a mão dele.

— Então essa é a pedra do óleo de fígado de bacalhau — falei. — É a ruína de um templo?

— Transteinen? — Kornelius negou com a cabeça. — Não, foi Beaive-Vuolab quem a colocou aí.

— Sério? E quem é esse?

— Um lapão muito forte. Um semideus, talvez. Não, não, um filho de semideus!

— Hum. E por que um cara que é filho de um semideus jogaria essas pedras aqui?

— Por que as pessoas jogam pedras pesadas? Para provar que são capazes de fazer isso, claro! — Ele riu. — Por que não veio mais cedo, Ulf? A festa já está quase acabando.

— Entendi mal. Pensei que o casamento seria na igreja.

— O quê? Com aquele bando de supersticiosos? — Ele puxou uma garrafinha de bolso. — Mattis é melhor em casar pessoas do que aqueles luteranos sem graça.

— Sério? Então ele celebra casamentos em nome de qual deus? Olhei na direção do fogo e de uma mesa comprida. Uma garota de vestido verde tinha parado de dançar e me observava com curiosidade. Mesmo à distância, dava para ver sua beleza.

— Deus? Nada de deuses, ele celebra casamentos em nome do governo da Noruega.

— Ele tem autorização para isso?

— Sim, é uma das três pessoas do distrito que pode fazer isso. — Kornelius fechou o punho e foi erguendo um dedo de cada vez. — O padre, o juiz substituto e o capitão do navio.

— Nossa, então Mattis é capitão de um navio também?

— Mattis? — Kornelius riu e tomou um gole da garrafinha.

— Ele parece um lapão dos mares? Você já viu o jeito como ele anda? Não, Eliassen pai é que é o capitão, e ele só pode casar as pessoas que estiverem a bordo dos seus barcos, e nenhuma mulher jamais entrou em um deles. Pode acreditar.

— O que você quer dizer quando perguntou se eu já vi Mattis andando?

— Só lapões nômades têm as pernas tortas, os que vivem do mar, não.

— Sério?

— Peixe. — Kornelius me passou a garrafinha. — Eles não comem muito peixe no planalto, então não ingerem iodo suficiente. Ficam com os ossos fracos. — Ele arqueou as pernas, a título de ilustração.

— E você é...

— Um falso lapão. Meu pai era de Bergen, mas não conte a ninguém. Especialmente à minha mãe.

Ele riu, e não pude deixar de rir junto. A bebida era ainda pior do que a que Mattis tinha vendido para mim.

— Então Mattis é o quê? Um padre?

— Quase. Ele foi para Oslo estudar teologia, mas perdeu a fé. Então resolveu estudar direito. Trabalhou como juiz substituto em Tromsø por três anos. Pode acreditar.

— Sem querer ofender, Kornelius, mas a menos que eu esteja redondamente enganado, cerca de oitenta por cento do que você está me dizendo ou é mentira ou fantasia.

Ele pareceu magoado.

— Não. Primeiro, Mattis perdeu a fé em Deus. Depois, a fé no sistema legal. E agora a única coisa em que acredita é na alegria do álcool, pelo menos é o que ele diz.

Kornelius deu uma gargalhada e depois um tapa tão forte em minhas costas, que a bebida que eu havia acabado de engolir quase voltou. O que talvez fosse uma boa ideia.

— Que bebida do inferno é essa? — perguntei, devolvendo-lhe a garrafinha.

— *Reikas* — respondeu. Leite de rena fermentado. — Ele meneou a cabeça com tristeza. — Os jovens de hoje só querem bebidas frisantes e refrigerantes. Patinetes de neve e cachorros-quentes. Bebidas de verdade, trenós, carne de rena, tudo isso vai desaparecer em breve. Estamos nos degenerando. Pode acreditar. — Ele tomou um gole da bebida para se consolar e tampou a garrafinha. — Ah, aí vem Anita.

Observei a garota de vestido verde se aproximando, aparentemente sem rumo, mas vindo direto ao nosso encontro.

— Escute bem, Ulf — disse Kornelius em voz baixa. — Deixe que ela leia você, mas nada além disso.

— Ler?

— Ela prevê coisas. É uma xamã de verdade. Mas você não vai querer o que ela quer.

— E o que seria?

— Dá para ver daqui.

— Hum. E por que não? Ela é casada? Comprometida?

— Não, mas você não vai querer o que ela tem.

— Tem?

— O que ela tem e espalha por aí.

Assenti lentamente.

Ele colocou a mão em meu ombro.

— Mas divirta-se. Kornelius não é de fazer fofoca. — Ele se virou na direção da garota. — Oi, Anita!

— Tchau, Kornelius.

Ele riu e se afastou. A garota parou bem na minha frente, sorrindo, mas sem mostrar os dentes, suada e ainda sem fôlego por causa da dança. Tinha duas espinhas na testa, as pupilas tão pequenas quanto picadas de agulha, e olhos selvagens que diziam tudo. Drogada, provavelmente *speed*.

— Oi — cumprimentei-a.

Ela não respondeu, só me inspecionou dos pés à cabeça.

Mudei o peso de uma perna para a outra.

— Você me quer? — perguntou ela.

Fiz que não com a cabeça.

— Por que não?

Dei de ombros.

— Você parece um tipo saudável de homem. Qual é o problema?

— Soube que você diz coisas para as pessoas.

— Kornelius disse isso? Pode acreditar, Anita vê coisas. E ela viu que você estava bem interessado nela há alguns minutos. O que aconteceu? Ficou assustado?

— Não é você, sou eu. Tenho sífilis.

Quando ela deu uma gargalhada, entendi por que sorria sem mostrar os dentes.

— Tenho preservativos.

— A doença está muito avançada. Meu pau caiu.

Ela se aproximou e colocou a mão entre as minhas pernas.

— Não parece. Vamos lá. Eu moro atrás da igreja.

Fiz que não com a cabeça e segurei o pulso dela com força.

— Malditos sulistas — sussurrou Anita, e puxou a mão.

— Qual é o problema com uma trepada rápida? Nós vamos todos morrer logo, sabia?

— É, ouvi alguns boatos por aí... — respondi, olhando ao redor à procura de uma rota de fuga.

— Você não acredita em mim. Olhe para mim. Eu disse *olhe* para mim.

Olhei para ela.

Anita sorriu.

— Ah, sim. Anita viu certo. Você tem a morte nos olhos. Não se vire! Anita pode ver que você vai atirar no reflexo. Sim, você vai atirar no reflexo.

Um alarme soou dentro da minha cabeça.

— De que malditos sulistas você estava falando?

— De você, claro.

— De que *outros* sulistas?

— Ele não disse o nome. — Ela pegou minha mão. — Mas agora que já li você, podemos...

Puxei minha mão.

— Como ele era?

— Nossa, você está *mesmo* assustado.

— Como ele era?

— Por que isso é tão importante?

— Por favor, Anita.

— Tá bom, tá bom, espere um pouco. Era magro. Uma franja nazista. Bonito. Tinha uma unha comprida no dedo indicador.

Merda. *O Pescador sempre encontra o que procura. Eu e você podemos não saber como, mas ele sabe. Sempre.*

Engoli em seco.

— Quando você viu esse cara?

— Pouco antes de você chegar. Ele foi até o vilarejo, disse que tinha vindo falar com alguém.

— O que ele queria?

— Estava procurando por um sulista chamado Jon. É você?

— Meu nome é Ulf. O que mais ele disse?

— Nada. Ele me deu um número de telefone, para o caso de eu ficar sabendo de alguma coisa, mas é de Oslo. O que você tem a ver com isso?

— Estou esperando alguém trazer minha espingarda, mas provavelmente não é esse cara.

Então Johnny Moe estava aqui. E eu tinha deixado minha pistola na cabana. Fui a um lugar perigoso e deixei para trás a única coisa que poderia me fazer sentir um pouquinho mais seguro. Porque achei que seria estranho se eu conhecesse uma mulher e tivesse de tirar a roupa. Mas agora eu tinha conhecido uma mulher e evidentemente não queria tirar a roupa. Existe algum nível *abaixo* de idiota? O engraçado é que eu estava mais irritado do que assustado. Eu deveria estar mais assustado. Ele tinha vindo até aqui para acabar comigo. Eu tinha me escondido neste lugar porque queria sobreviver, certo? Então era melhor eu colocar a cabeça no lugar.

— Você disse que mora atrás da igreja?

Ela se animou.

— Sim, não é longe.

Olhei para o caminho de cascalho. Ele poderia voltar a qualquer momento.

— Podemos pegar um atalho pelo pátio da igreja para que ninguém nos veja?

— Por que não quer que ninguém nos veja?

— Estou pensando... na sua reputação.

— Minha reputação. — Ela bufou. — Todo mundo sabe que Anita gosta de homens.

— Tudo bem, na minha então.

Ela demonstrou indiferença.

— Tudo bem, se a sua reputação é tão preciosa assim...

A casa tinha cortinas.

E um par de sapatos masculinos na entrada.

— De quem...?

— Do meu pai — respondeu Anita. — E não precisa sussurrar, ele está dormindo.

— Não é exatamente nessas ocasiões que as pessoas sussurram?

— Ainda assustado?

Olhei para os sapatos. Eram menores do que os meus.

— Não.

— Ótimo. Vamos.

Fomos para o quarto dela. Era apertado, e a cama era de solteiro. Para um solteiro magro. Ela tirou o vestido pela cabeça, desabotoou minha calça e a puxou junto com a roupa de baixo, de uma vez só. Então desabotoou o sutiã e tirou a calcinha. Anita tinha a pele pálida, quase branca, com pequenas marcas e arranhões vermelhos aqui e ali. Mas não havia marcas de picadas de agulha. Ela era bonita. Não era esse o problema.

Ela se sentou na cama e ergueu os olhos para mim.

— Você tem que tirar o paletó também.

Enquanto eu o pendurava junto com a camisa na única cadeira que havia ali, ouvi um ronco vindo do quarto ao lado. Inspirações graves e chiadas, expirações obstruídas, como um silenciador quebrado. Ela abriu a gaveta do criado-mudo.

— Não tenho mais preservativos. Você precisa ser cuidadoso, porque não quero um filho.

— Não sou bom em ser cuidadoso — apressei-me em dizer. — Nunca fui. Talvez a gente pudesse... ficar nas preliminares?

— Preliminares? — Ela pronunciou a palavra como se isso a enojasse. — Papai tem camisinhas.

Anita saiu nua do quarto, e ouvi a porta ao lado se abrir; o ronco perdeu um pouco o ritmo, mas logo o retomou. Alguns segundos depois, ela estava de volta com uma carteira marrom surrada, na qual procurou a camisinha.

— Aqui. — E atirou um quadrado de plástico em mim.

O plástico estava desgastado nas bordas. Procurei uma data de validade, mas não encontrei.

— Não posso fazer isso com preservativo. Não funciona.

— Funciona, sim — insistiu ela, agarrando meu pau apavorado.

— Desculpe. O que você faz aqui em Kåsund, Anita?

— Cala a boca.

— Hum, talvez precise de um pouco de... iodo?

— Falei para calar a boca.

Olhei para baixo, para a pequena mão que evidentemente acreditava poder fazer milagres. Eu me perguntava onde Johnny poderia estar. Em um vilarejo tão pequeno, não seria difícil se deparar com alguém que contasse que um sulista tinha chegado recentemente e estava hospedado na cabana de caça. Ele procuraria lá e na festa de casamento. Kornelius tinha prometido não falar nada. Desde que eu ficasse ali, estaria seguro.

— Aí está, viu? — disse Anita, alegremente.

Vi o milagre, atônito. Tinha de ser algum tipo de reação ao estresse — li certa vez que alguns homens que são enforcados têm ereções. Sem parar, ela pegou a embalagem da camisinha com a mão esquerda, rasgou-a com os dentes e pegou o preservativo com a boca, os lábios formando um círculo em torno dele. Então, abaixou a cabeça e, quando a ergueu de novo, eu estava equipado e pronto para a batalha. Ela se reclinou na cama e abriu as pernas.

— Eu só queria dizer...

— Você ainda não terminou o falatório, Ulf?

— Não gosto de ser dispensado de imediato. É tudo uma questão de autoestima, se você...

— Cala a boca e vamos logo, enquanto você ainda consegue.

— Você promete?

Ela suspirou.

— Só vem aqui me foder.

Esgueirei-me para a cama. Ela me ajudou a encontrar a posição. Fechei os olhos e comecei a me mover, nem muito lento nem rápido demais. Ela gemia, xingava e praguejava, e por alguma razão eu achava isso encorajador. Na falta de um metrônomo, entrei no ritmo do ronco do quarto ao lado. Podia sentir que estava chegando lá. Tentei não pensar no estado do preservativo ou em uma possível combinação entre meus traços e os de Anita.

De repente, ela se enrijeceu e ficou em silêncio absoluto.

Parei de me mexer. Pensei que ela tivesse ouvido algo de diferente no ronco do pai ou alguém se aproximando da casa. Prendi a respiração e tentei escutar. Para meus ouvidos, o ronco irregular parecia exatamente igual.

Então o corpo embaixo do meu ficou completamente relaxado. Olhei para ela, ansioso. Os olhos estavam fechados, e ela parecia morta. Cuidadosamente, toquei o pescoço de Anita com o dedão e o indicador para tentar sentir a pulsação dela. Não conseguia encontrá-la. Droga, onde estava a pulsação, ela estava...?

Foi quando um som baixinho emergiu de sua boca. Primeiro um grunhido, que foi aumentando até ficar mais alto, e se tornou um som bastante familiar. Inspirações graves e chiadas, expirações obstruídas, como um silenciador quebrado.

Sem dúvida, era filha do pai.

Eu me espremi entre o corpo feminino e magro e a parede, sentindo o papel de parede gelado nas costas e o estrado em no quadril. Mas estava a salvo. Pelo menos por enquanto.

Fechei os olhos. Dois pensamentos passaram pela minha mente: eu *não* tinha *nem* pensado em tomar Valium e *você vai atirar no reflexo.*

Então mergulhei na terra dos sonhos.

Capítulo 9

Quando encontrei o pai da Anita na mesa do café da manhã, constatei que ele era muito parecido com o que eu havia imaginado com base nos roncos. Peludo, bastante gordo e rude. Até aquela regata transparente estava na imagem mental que havia criado.

— E aí? — cumprimentou ele. Ríspido. E apagou o cigarro na metade da fatia de pão à sua frente. — Parece que você precisa de um café.

— Obrigado — respondi, aliviado, e me sentei do lado oposto da mesa dobrável.

Ele olhou para mim. Depois, voltou ao jornal, levou o lápis à boca e fez um gesto na direção do fogão e da chaleira.

— Pegue você mesmo. Não pense que você vem aqui, come minha filha, e eu ainda sirvo o café.

Encontrei uma xícara no armário, servi-me de um café bem forte e espiei pela janela. Ainda nublado.

O pai de Anita estava concentrado no jornal. No silêncio, era possível ouvi-la roncar.

Meu relógio marcava nove e quinze. Será que Johnny ainda estava no vilarejo ou teria ido me procurar em outro lugar?

Tomei um gole do café; tive a impressão de que eu quase precisava mastigá-lo antes de engolir.

— Diga aí... — O homem ergueu os olhos para mim. — Um sinônimo para "castração".

— Esterilização.

Ele se voltou para o papel. Contou as letras.

— Com "z"?

— Sim.

— Tudo bem, pode ser.

Ele levou o lápis à boca novamente e, em seguida, preencheu a lacuna.

Quando eu estava calçando os sapatos, quase fora de casa, já prestes a sair, Anita veio correndo do quarto. Pálida e nua, o cabelo todo bagunçado, os olhos arregalados. Ela me abraçou com força.

— Não quis acordar você — falei, tentando em vão chegar até a porta.

— Você volta?

Afastei-me e olhei para Anita. Ela sabia que eu sabia. Que eles geralmente não voltam. Mas, ainda assim, ela queria saber minha resposta. Ou não.

— Vou tentar.

— Tentar?

— Sim.

— Olhe para mim. *Olhe* para mim! Você promete?

— Claro.

— Agora, sim, Ulf. Você *prometeu*. Ninguém faz uma promessa a Anita e depois não a cumpre. Cravei uma estaca na sua alma.

Engoli em seco. Assenti. Para ser preciso, não tinha prometido mais do que tentar. Tentar querer, tentar encontrar tempo, por exemplo. Desvencilhei um braço e me estiquei até a maçaneta da porta.

Caminhei de volta para a cabana pela trilha mais longa. Contornei as colinas a nordeste para que pudesse me aproximar pela floresta. Mantive-me o mais próximo possível das árvores.

A rena demarcava seu território, esfregando uma das galhadas em um dos cantos da cabana. Não ousaria fazer isso se houvesse alguém lá dentro. Mesmo assim, esgueirei-me pela depressão entalhada ali pelo riacho e segui agachado até o lugar onde tinha escondido o rifle. Removi as pedras, desenrolei a arma do feltro, verifiquei se estava carregada e segui rapidamente para a cabana.

A rena continuava no mesmo lugar, olhando para mim com interesse. Só Deus sabe o que ela podia farejar dali. Entrei.

Alguém tinha estado ali.

Johnny tinha estado ali.

Dei uma olhada ao redor. Não havia muita coisa fora do lugar. A porta do armário estava entreaberta, e eu sempre me assegurava de deixá-la fechada por causa dos ratos. A pasta de couro vazia despontava sob o beliche, e havia cinzas na maçaneta do lado de dentro da porta. Retirei a tábua que ficava ao lado do armário e enfiei meu braço lá dentro. Deixei escapar um suspiro de alívio quando senti a pistola e a bolsinha com o dinheiro. Então sentei-me em uma das cadeiras e tentei imaginar o que ele deveria estar pensando.

A pasta era a prova de que eu estivera ali, mas o fato de não haver dinheiro, droga ou qualquer outro objeto pessoal à vista poderia fazê-lo considerar que eu tinha ido embora, levando minhas coisas em uma mochila mais prática ou algo assim. Johnny tinha enfiado a mão dentro do fogão à lenha para ver se as cinzas ainda estavam quentes, para ter uma ideia de quanto tempo de vantagem eu poderia ter.

Eu só conseguia acompanhar seu raciocínio até aí. E depois? Será que Johnny iria para outro lugar mesmo sem ter a menor ideia de onde eu poderia estar, ou do motivo de eu ter deixado Kåsund? Ou estaria escondido em algum lugar próximo, esperando que eu voltasse? Mas, se fosse esse o caso, não deveria ter tido mais cuidado em esconder seus rastros, para que eu não suspeitasse de nada? Ou — espere aí — lá estava eu, pensando que os óbvios sinais da visita significavam que ele tinha ido embora, quando, na verdade, ele queria que eu pensasse exatamente isso?

Merda.

Apanhei o binóculo e esquadrinhei o horizonte, que a essa altura eu já conhecia em detalhes. Procurava por alguém ou alguma coisa que não estava ali antes. Olhe bem. Concentração.

E aconteceu de novo.

Depois de mais ou menos uma hora, comecei a ficar cansado, mas não queria preparar um café para não mandar um sinal de fumaça que indicasse a qualquer pessoa a quilômetros de distância que eu havia voltado.

Se ao menos começasse a chover, se ao menos essas nuvens despejassem sua carga, se ao menos alguma coisa *acontecesse*... Essa maldita espera estava me deixando louco.

Baixei o binóculo. Fechei os olhos por um momento.

Saí da cabana e fui até a rena.

Ele olhou para mim com cautela, mas não se mexeu.

Acariciei a galhada.

Em seguida, montei nele.

— Vamos lá — ordenei.

O bicho deu alguns passos. Hesitantes, no começo.

— Isso!

Então foi caminhando com mais firmeza. Em direção ao vilarejo. Seus joelhos estalavam em intervalos cada vez menores, como um contador Geiger se aproximando de uma bomba atômica.

A igreja tinha sido incendiada. Obviamente os alemães haviam estado ali. Caçando integrantes da resistência. Mas as ruínas permaneciam de pé, quentes, em brasa. Pedras e cinzas. E, ao redor das pedras negras, eles dançavam, alguns nus. Dançavam em um ritmo incrivelmente acelerado, ainda que a cantoria do padre fosse lenta e rebuscada. A batina branca estava preta de fuligem e, diante dele, os noivos, ela vestida de preto, ele todo de branco, do boné aos tamancos de madeira. A cantoria foi morrendo aos poucos, e eu me aproximei, cavalgando.

— Em nome do governo da Noruega, eu vos declaro marido e mulher — disse ele, então cuspiu uma bola de saliva marrom no crucifixo pendurado ao lado, levantou o martelo de juiz e golpeou a grade carbonizada do altar. Uma. Duas. Três vezes.

Acordei assustado. Estava sentado com a cabeça apoiada na parede. Droga, esses sonhos estavam acabando comigo.

Mas o barulho ainda era audível.

Meu coração parou de bater quando olhei para a porta.

O rifle estava apoiado contra a parede.

Apanhei-o sem me levantar da cadeira, apoiei a coronha no ombro e encostei o rosto na lateral da arma. Meu dedo estava no gatilho. Soltei o ar; foi só então que me dei conta de que estava prendendo a respiração.

Mais duas batidas.

A porta se abriu.

O céu estava limpo. E era fim de tarde. Como a porta ficava voltada para o poente, a pessoa estava contra o sol, então vi apenas uma silhueta escura com um halo laranja e as colinas baixas logo atrás.

— Você vai atirar em mim?

— Desculpe — falei, baixando o rifle. — Pensei que fosse um tetraz.

A risada dela foi grave e genuína, mas com seu rosto contra a luz, só pude imaginar a luz cintilante daqueles olhos.

Capítulo 10

Johnny tinha ido embora.

— Pegou o ônibus para o sul hoje — disse Lea.

Ela tinha mandado Knut ir lá fora apanhar lenha e água. Queria um café. E uma explicação para ter recebido a visita de um sulista que desejava saber onde me encontrar.

Dei de ombros.

— Tem muitos sulistas por aí. Então, o que ele queria?

— Disse que precisava muito falar com você. Sobre negócios.

— Tudo bem. Era o Johnny? Parecia uma ave pernalta?

Ela não respondeu. Apenas sentou-se do outro lado da mesa, os olhos tentando encontrar os meus.

— Ele descobriu que você estava hospedado na cabana de caça, e alguém indicou o caminho. Mas não o encontrou. Então, outra pessoa disse para ele que você havia estado no velório, aí acho que ele supôs que talvez eu soubesse de alguma coisa.

— E o que você falou?

Permiti que ela me encarasse. Que avaliasse minha expressão. Eu tinha muito a esconder e, ao mesmo tempo, nada.

Ela suspirou.

— Eu disse que você tinha voltado para o sul.

— Por que fez isso?

— Porque não sou burra. Não sei em que tipo de encrenca você se meteu nem quero saber, mas não vou ser responsável por piorar ainda mais as coisas.

— *Ainda* mais?

Lea meneou a cabeça. O gesto podia significar que ela havia se expressado mal, que eu tinha entendido mal ou que ela não queria falar sobre o assunto. Lea olhou para fora da cabana por uma das frestas da janela. Era possível ouvir Knut cortando lenha energicamente do lado de fora.

— Segundo ele, seu nome é Jon, não Ulf.

— Você alguma vez acreditou que eu me chamava Ulf?

— Não.

— Ainda assim você o mandou na direção errada. Você mentiu. O que o seu livro sagrado diz sobre isso?

Ela fez um gesto na direção do barulho de Knut.

— Meu livro sagrado diz que precisamos cuidar de você. Ele trata dessas coisas também.

Ficamos sentados em silêncio por um tempo. Eu com as mãos sobre a mesa, Lea com as dela no colo.

— Obrigada por cuidar do Knut no velório.

— Não precisa agradecer. Como ele está?

— Bem.

— E você?

— As mulheres sempre dão um jeito de enfrentar as coisas.

O barulho da lenha sendo cortada tinha cessado. Knut logo estaria de volta. Lea me fitou novamente. Os olhos haviam ganhado uma cor que eu nunca tinha visto, de uma intensidade corrosiva.

— Mudei de ideia. Quero saber do que você está fugindo.

— Sua decisão anterior provavelmente era mais sensata.

— Conte.

— Para quê?

— Acho você uma boa pessoa. E os pecados das pessoas boas podem ser perdoados.

— E se estiver errada e eu não for uma boa pessoa? Vou arder no inferno de vocês? — A pergunta saiu mais amarga do que eu esperava.

— Não estou errada, Ulf; posso ver isso. É, posso ver isso.

Respirei fundo. Não sabia se as palavras sairiam da minha boca. Eu estava perdido nos olhos dela, azuis, azuis como o mar quando se tem 10 anos de idade e o contempla de cima de uma rocha. Todo o seu ser quer pular na água, menos suas pernas, que não se movem.

— Tenho um trabalho que consiste em cobrar dívidas de drogas e matar pessoas — ouvi-me dizer. — Roubei dinheiro do meu empregador, e agora ele está atrás de mim. E eu envolvi Knut, seu filho de 10 anos, nisso. Estou pagando para ele espionar para mim. Pior que isso. Só pago se ele me reportar alguma coisa suspeita. Por exemplo, se ele encontrar o tipo de cara que não hesitaria em matar um garoto se necessário. — Tirei um cigarro da carteira. — E agora, ainda tenho chance de ser perdoado?

Ela abriu a boca exatamente no instante em que Knut abriu a porta.

— Aí está — disse ele, depositando a lenha no chão bem em frente ao fogão. — Estou faminto.

Lea voltou os olhos para mim.

— Tenho almôndegas de peixe — falei.

— Eca — retrucou Knut. — Não podemos comer bacalhau fresco?

— Não tenho nada fresco aqui.

— Não aqui. No mar. Vamos pescar. Vamos, mãe?

— Estamos no meio da noite — respondeu ela, a voz baixa, ainda me encarando.

— É a melhor hora para pescar — disse Knut, pulando. — Por favor, mamãe!

— Nós não temos um barco, Knut.

Ele levou um segundo para processar o que ela disse. O rosto do menino ficou sombrio, mas, em seguida, se iluminou de novo.

— Podemos pegar o barco do vovô. Está na casa de barcos. Ele disse que eu podia pegá-lo.

— Disse mesmo?

— Sim. Bacalhau! Bacalhau! Você gosta de bacalhau, não gosta, Ulf?

— Adoro bacalhau — respondi, encontrando o olhar de Lea. — Mas não sei se a sua mãe está com vontade de fazer isso.

— Sim, ela está. Não está, mãe?

Lea não respondeu.

— Mãe?

— Vamos deixar Ulf decidir.

O garoto se espremeu entre a mesa e minha cadeira, forçando-me a olhar para ele.

— Ulf?

— Diga, Knut.

— Você pode ficar com a língua do bacalhau.

A casa de barcos ficava a uns cem metros do píer. O cheiro de algas podres e de água salgada despertava recordações vagas de verões passados. Como minha cabeça sendo enfiada em um colete salva-vidas muito pequeno, um primo se exibindo porque era rico o bastante para ter um barco *e* uma cabana, um tio com a cara vermelha e suada porque não conseguia ligar o motor.

Estava escuro dentro da casa de barcos e havia um cheiro bom de alcatrão. Tudo de que precisávamos já estava no barco, mas tinha a quilha presa a um gancho de madeira.

— Não é meio grande para um barco a remo?

Estimei que o barco deveria ter entre 16 e 20 pés de comprimento.

— É de tamanho médio, apenas — explicou Lea. — Vamos, todos temos que empurrá-lo.

— O do papai era bem maior — comentou Knut. — Com dez remos e um mastro.

Liberamos o barco, e consegui subir nele sem molhar demais as pernas.

Coloquei os remos em um dos dois pares de forquilhas e, com movimentos firmes e tranquilos, comecei a remar para longe da praia. Lembrei-me do esforço que tinha feito para ser melhor do que meu primo no remo naquele único verão em que eu, o parente pobre e órfão de pai, tinha sido convidado a fazer uma visita. Mesmo assim, achei que Lea e Knut não pareciam muito impressionados.

Quando já estávamos longe, recolhi os remos.

Knut se arrastou até a popa do barco, inclinou-se na borda, jogou a linha e ficou observando. Notei seu olhar distante, sua mente livre.

— Bom garoto — falei, tirando a jaqueta que eu havia encontrado na casa de barcos, pendurada em um gancho.

Lea assentiu.

Não estava ventando, e o mar — ou oceano, como Lea e Knut o chamavam — brilhava como um espelho. Parecia tão sólido que tive a impressão de que era possível caminhar pelas águas em direção ao caldeirão vermelho que pendia no horizonte, ao norte.

— Knut me disse que você não tem ninguém — começou ela.

— Felizmente.

— Deve ser estranho.

— O quê?

— Não ter ninguém. Ninguém pensando em você. Ninguém cuidando de você. Ou ninguém para cuidar.

— Eu tentei. — Soltei o anzol de uma das linhas. — Não consegui lidar bem com isso.

— Não conseguiu ter uma família?

— Não consegui cuidar dela. Não sou uma pessoa confiável, como você já deve ter percebido.

— Você pode até dizer isso, Ulf, mas não sei se é verdade. O que aconteceu?

Tirei a isca artificial da linha.

— Por que você ainda me chama de Ulf?

— Você me disse que esse era o seu nome, então é o nome que eu uso. A menos que você queira que eu o chame de outra coisa. Todo mundo deveria poder trocar de nome sempre que quisesse.

— E desde quando você se chama Lea?

Ela ergueu uma das sobrancelhas.

— Você está perguntando a idade de uma mulher?

Eu não quis...

— Vinte e nove anos.

— Hum. Lea é um nome legal, não tem razão nenhuma para mudar...

— Significa "vaca" — interrompeu ela. — Eu queria me chamar Sara, que significa "princesa". Mas meu pai disse que eu não poderia me chamar Sara Sara. Então tive que ser chamada de "vaca" por 29 anos. O que acha disso?

— Bom... — Pensei por um segundo. — Muu?

Primeiro ela olhou para mim, incrédula. Depois começou a rir. Aquela risada grave. Uma gargalhada. Na popa do barco, Knut se voltou para nós.

— O que foi? Ele contou uma piada?

— Sim — disse ela, sem desviar os olhos de mim. — Acho que sim.

— Conta!

— Mais tarde. — Ela se inclinou em minha direção. — Então, o que aconteceu?

— Foi mais o que não aconteceu. — Lancei a linha. — Cheguei tarde.

Ela franziu o cenho.

— Tarde para quê?

— Para salvar minha filha. — A água estava tão clara que dava para ver a isca artificial reluzente afundando devagar, até desaparecer na escuridão acinzentada. — Quando finalmente consegui juntar o dinheiro, ela já estava em coma. Morreu três semanas depois de eu ter conseguido reunir a quantia necessária para pagar o tratamento dela na Alemanha. Não que pudesse ter feito diferença, já era tarde demais. Pelo menos foi o que os médicos disseram. Mas a questão é que eu não consegui fazer o que deveria ter feito. Eu a decepcionei. Esse tem sido um refrão frequente em minha vida. E o fato de não ter conseguido lidar com isso... de não ter conseguido...

Funguei. Talvez não devesse ter tirado a jaqueta: afinal, estávamos perto do Polo Norte. Senti algo em meu antebraço. Fiquei arrepiado. Era um toque. Não conseguia me lembrar da última vez que uma mulher havia me tocado. Até lembrar que isso acontecera fazia menos de vinte e quatro horas. Para o inferno com esse lugar, essas pessoas, tudo isso.

— Foi por isso que você roubou o dinheiro, não foi? Você roubou o dinheiro para sua filha, mesmo sabendo que o matariam se colocassem as mãos em você.

Cuspi do lado de fora do barco, só para ver alguma coisa quebrar a terrível imobilidade da água.

— Parece uma boa ação quando se vê por esse lado. O mais certo é dizer que fui um pai que esperou até que fosse tarde demais para fazer alguma coisa pela filha.

— Mas, de acordo com os médicos, seria tarde de qualquer jeito, não é?

— Foi o que eles disseram, mas eles não *sabiam*. Ninguém *sabe*. Nem eu, nem você, nem o padre, nem o ateu. Então a gente acredita. Acredita, porque isso é melhor do que se dar conta de que a única coisa que espera por nós nas profundezas é escuridão, frio. Morte.

— Você realmente acredita nisso?

— Você realmente acredita que existe um portão perolado com anjos e um cara chamado são Pedro? Na verdade, não, você não acredita nisso. Uma seita talvez dez mil vezes maior do que a sua acredita em santos. E acha que, se você não acredita exatamente no mesmo que eles, nos mínimos detalhes, então você vai para o inferno. Sim, os católicos acreditam que vocês, luteranos, irão direto para o porão. E vocês acreditam que é para lá que eles vão. Vocês realmente são muito sortudos de terem nascido entre os verdadeiros crentes aqui perto do Polo Norte, em vez de terem nascido na Itália ou na Espanha. Porque senão teriam que percorrer um longo caminho até a salvação.

Percebi que a linha tinha ficado frouxa e a puxei. Aparentemente, ela enganchou em alguma coisa; deve ser raso por aqui. Dei um puxão mais forte, e a linha se libertou do que quer que a tivesse prendido.

— Você está com raiva, Ulf?

— Com raiva? Estou puto, furioso, é isso que eu estou. Se esse deus de vocês existe, por que brinca com a humanidade dessa forma, por que permite que uma pessoa nasça para o sofrimento, e outra, para uma vida de excessos, ou que uma pessoa nasça com a chance de encontrar a fé que supostamente vai salvá-la, enquanto a maioria nem chega a ouvir falar de Deus? Por que ele... Como ele...?

Maldito frio.

— ... levou sua filha? — completou Lea, a voz baixa.

Eu pisquei.

— Não há nada aqui embaixo — falei. — Apenas sombras, morte e...

— Peixe — gritou Knut.

Viramo-nos para o menino. Ele já estava puxando a linha. Lea tocou meu braço mais uma vez, então me deixou ali e se debruçou na lateral do barco.

Ficamos olhando para a água, esperando o que quer que tivesse sido fisgado. Por alguma razão, me peguei pensando em uma capa de chuva amarela. De repente, tive uma premonição. Não, era mais do que uma premonição. Eu tinha certeza: ele iria voltar. Fechei os olhos. Sim. Eu podia ver claramente. Johnny voltaria. Ele sabia que eu ainda estava aqui.

— Ah! — exclamou Knut, em júbilo.

Quando abri os olhos novamente, um enorme peixe se contorcia no piso do barco. Os olhos do bicho estavam saltados, como se não acreditasse no que estava vendo. O que era justo — dificilmente o peixe teria pensado que as coisas acabariam daquela forma.

Capítulo 11

Remamos até uma ilha, a quilha do barco roçando de leve na areia quando nos aproximamos. Eram apenas duzentos metros de distância entre a porção de terra de formato levemente arredondado e o continente, que despencava sombrio no mar no ponto onde terminava o planalto coberto de urzes. Knut tirou os sapatos, chapinhou na água rasa até a margem e amarrou o barco numa rocha. Eu me ofereci para carregar Lea, mas ela apenas sorriu e me fez a mesma a oferta.

Knut e eu fizemos uma fogueira, enquanto Lea estripava e limpava o peixe.

— Uma vez a gente pegou tanto peixe que teve que ir buscar o carrinho de mão para descarregar o barco — disse Knut, já lambendo os beiços.

Eu não tinha qualquer lembrança de gostar de peixe daquele jeito quando menino. Talvez porque quase sempre era servido na forma de bolinhos ou palitos empanados, ou ainda de almôndegas cobertas por um molho branco com aspecto de sêmen.

— Tem bastante comida aqui — disse Lea, envolvendo o peixe inteiro em papel-alumínio para, em seguida, colocá-lo diretamente sobre as chamas. — Dez minutos.

Knut subiu em minhas costas, claramente animado com a perspectiva de comer bastante.

— Luta! — gritou, pendurando-se em mim enquanto eu tentava me levantar. — O sulista deve morrer!

— Tem um mosquito nas minhas costas — gritei e arqueei o corpo, sacudindo o garoto para a frente e para trás como se ele fosse um peão de rodeio, até fazê-lo aterrissar na areia com um gemido feliz.

— Se vamos lutar, é melhor fazer isso direito — sugeri.

— Isso! E como é lutar direito?

— Sumô — respondi, e apanhei um graveto para desenhar um círculo na areia fina. — Ganha quem conseguir fazer com que o adversário pise fora do círculo.

Fiz uma demonstração do ritual que precedia cada combate: deveríamos ficar um de frente para o outro, fora do círculo, os joelhos ligeiramente dobrados, e bater palma uma só vez.

— É uma oração para que os deuses estejam conosco, para que o lutador não fique sozinho.

Vi que Lea franziu o cenho, mas permaneceu em silêncio.

Ergui as mãos espalmadas, baixei os olhos e as apoiei nos joelhos. O menino imitou meus gestos.

— Isso é para vencer os maus espíritos — falei, batendo os pés no chão.

Knut fez o mesmo.

— Atenção... preparar... — murmurei.

O rosto de Knut assumiu uma expressão agressiva.

— Já!

O menino saltou para dentro do círculo e avançou sobre mim com o ombro.

— Perdeu! — berrou, triunfante.

Minha pegada fora do círculo não deixava margem a dúvidas. Lea riu e aplaudiu.

— Não acabou ainda, *rikishi* Knut-*san* do *ken* de Finnmark — vociferei, e voltei a assumir a posição inicial. — Quem ganhar a melhor de cinco é Futabayama.

— Futa...?

Knut assumiu sua posição rapidamente do outro lado.

— Futabayama. Uma lenda do sumô. Enorme de gordo, o desgraçado. Atenção... preparar...

Investi com o corpo todo contra o menino, que foi atirado a uma boa distância para fora do círculo.

Quando o placar estava quatro a quatro, Knut, suado e ansioso, até esqueceu as preliminares e veio com tudo para cima de mim. Tirei o corpo da frente. Ele não conseguiu parar a tempo e se estatelou fora da área delimitada.

Lea riu. Knut ficou lá, imóvel, a cabeça enfiada na areia.

Sentei-me ao lado dele.

— Há coisas mais importantes no sumô do que ganhar — falei. — Coisas como mostrar dignidade, tanto na derrota como na vitória.

— Eu perdi — lamentou o menino, baixinho, o rosto ainda na areia. — Imagino que isso seja mais fácil quando a gente ganha.

— É, sim.

— Bom, parabéns. Você é Futa... Futa...

— ...bayama. E Futabayama saúda você, bravo Haguroyama.

Ele ergueu a cabeça. Tinha areia grudada no rosto suado.

— Quem é esse?

— O aprendiz de Futabayama. Haguroyama também acabou se tornando um mestre.

— É? E ele ganhou do Futabayama?

— Ah, sim. Foi muito fácil para ele. Mas antes ele só precisou aprender umas coisinhas. Como saber perder, por exemplo.

Knut se sentou. Olhou para mim de soslaio.

— Perder torna a gente melhor, Ulf?

Assenti lentamente. Percebi que Lea também prestava atenção.

— Sim, nos torna melhores... — esmaguei um mosquito que havia pousado em meu braço — ... perdedores.

— Melhores perdedores? Tem alguma vantagem em ser bom nisso?

— Passamos a maior parte da vida tentando fazer coisas que não conseguimos — respondi. — Perdemos com mais frequência do que ganhamos. Até Futabayama, antes de começar a ganhar, só perdia. E é importante ser bom naquilo que a gente mais vai fazer na vida, não é?

— Acho que sim. — Ele pensou um pouco. — Mas o que é, na verdade, ser bom em perder?

Meu olhar encontrou o de Lea por sobre o ombro do menino.

— Se atrever a perder de novo — respondi.

— A comida está pronta — anunciou ela.

A pele do bacalhau ficou grudada no papel-alumínio, de modo que, quando Lea o desembalou, tudo que tivemos de fazer foi retirar os pedaços da carne branca do peixe e jogá-los na boca.

— Divino — elogiei. Não sei o que exatamente estava querendo dizer com essa palavra, mas não consegui pensar em outra melhor.

— Hum — ronronou Knut.

— Só está faltando o vinho branco — emendei.

— Você vai arder no inferno — disse o menino, escancarando os dentes.

— Jesus bebia vinho — lembrou Lea. — Enfim, bacalhau se come com vinho tinto. — Ela riu quando Knut e eu paramos de comer e olhamos para ela. — Foi o que ouvi dizer, pelo menos!

— O papai bebia — comentou Knut.

Lea parou de rir.

— Mais luta! — convidou o menino.

Dei alguns tapinhas na barriga para mostrar que tinha comido muito.

— Que chato... — Ele fez beicinho.

— Veja se consegue encontrar uns ovos de gaivota — sugeriu Lea.

— Ovos, nessa época? — perguntou Knut.

— Ovos de verão. São raros, mas existem, sim.

O menino ergueu uma sobrancelha e se levantou. Saiu em disparada e sumiu do outro lado do terreno em aclive da ilha.

— Ovos de verão? — perguntei, recostando-me na areia. — É sério?

— Acho que a maior parte das coisas de fato existe — respondeu Lea. — E eu avisei que são raros.

— Assim como vocês.

— Nós?

— Os laestadianos.

— É assim que você nos vê?

Ela colocou a mão sobre os olhos para protegê-los da claridade, e percebi de onde vinha o hábito de Knut de erguer uma sobrancelha.

— Não — respondi, finalmente, e fechei os dois olhos.

— Conte alguma coisa, Ulf.

Ela ajeitou o paletó que eu tinha lhe emprestado junto ao pescoço.

— O quê?

— Qualquer coisa.

— Deixe-me pensar.

Ficamos deitados em silêncio. Eu ouvia o estalar do fogo e o ruído das ondas que batiam suaves na costa.

— Uma noite de verão em Estocolmo — comecei. — Tudo está verde. Todos estão dormindo. Caminho devagar para casa com Monica. Paramos e nos beijamos. Então seguimos em frente. Ouvimos uma risada vinda de uma janela aberta. Há uma brisa que sopra do arquipélago, trazendo um cheiro de grama e algas marinhas. — Em minha mente, eu cantarolava. — A brisa acaricia nosso rosto, e puxo-a para junto de mim, e a noite deixa de existir, é só calmaria, sombra, vento.

— Que lindo — disse Lea. — Continue.

— A noite é curta, clara e vai se esvaindo, os tordos começam a despertar. Um homem para de remar ao observar um cisne. Quando estamos atravessando a Västerbron, um bonde solitário, vazio, passa por nós. E ali, no meio da noite, em segredo, as árvores de Estocolmo florescem, ao mesmo tempo que as janelas pintam a cidade de luz. E a cidade toca uma canção para aqueles que dormem, para aqueles que precisam viajar para longe, mas que vão voltar. As ruas têm cheiro de flores, a gente se beija de novo e caminha pela cidade devagar, para casa.

Parei para ouvir. Ondas. Fogo. O grito distante de uma gaivota.

— Monica. É sua amada?

— É — respondi. — Minha amada.

— Ah. Faz tempo?

— Deixe-me ver. Dez anos, mais ou menos, acho.

— É bastante tempo.

— É, mas a gente só se apaixona uns três minutos de cada vez.

— Três minutos?

— Três minutos e dezenove segundos, para ser mais preciso. É o tempo que ela leva para cantar a canção.

Ouvi Lea se sentar.

— O que você acabou de me contar é uma canção?

— "Sakta vi gå genom stan", caminhamos devagar pela cidade — respondi. — De Monica Zetterlund.

— E você nunca a viu?

— Não. Eu tinha um ingresso para um show dela com Steve Kuhn em Estocolmo, mas Anna ficou doente e precisei trabalhar.

Lea assentiu em silêncio.

— Deve ser bom ser tão feliz assim ao lado de uma pessoa. Como o casal da canção, quero dizer.

— Mas isso não dura muito.

— Você não sabe.

— Verdade. Ninguém sabe. Mas, pela sua experiência, dura?

De repente, senti uma lufada de vento frio e abri os olhos. Do outro lado do canal, à beira da encosta íngreme, vislumbrei algo. Provavelmente a silhueta de uma rocha grande. Voltei-me para Lea. Ela estava sentada, ereta.

— Só estou dizendo que tudo pode existir — respondeu ela.

— Até mesmo o amor eterno.

Mechas de cabelo esvoaçavam sobre o rosto de Lea, e foi um choque ver que ela também tinha aquilo. Aquela mesma aura azulada. A menos que fosse um efeito da luz.

— Desculpe, isso não é da minha conta, e só que eu...

Meu olhar buscou novamente a rocha, mas sem conseguir encontrá-la.

— E só que eu...

Respirei fundo. Sabia que ia me arrepender daquilo.

— Eu estava embaixo da janela da oficina depois do velório. Entreouvi a conversa entre você e o irmão do seu marido.

Ela cruzou os braços e olhou para mim. Não chocada, mas ressabiada. Voltou-se por um instante na direção que Knut havia tomado, depois virou-se para mim outra vez.

— Não tenho experiência com isso, não sei quanto tempo pode durar o amor por um homem, pois nunca amei o homem a quem fui entregue em casamento.

— Entregue? Você está me dizendo que seu casamento foi arranjado?

— As famílias daqui combinavam casamentos entre elas antigamente. Uniões vantajosas. Pastagens e rebanhos de renas. A mesma religião. Hugo e eu não tivemos esse tipo de casamento.

— Foi de que tipo, então?

— Fui obrigada a casar.

— E quem a obrigou?

— As circunstâncias.

Ela olhou novamente ao redor, em busca de Knut.

— Você estava...?

136

— Sim, eu estava grávida.

— Entendo que sua religião não seja particularmente tolerante com filhos fora do casamento, mas Hugo tampouco era de uma família laestadiana, era?

— As circunstâncias e meu pai. Essas duas coisas nos obrigaram a casar. Ele disse que me expulsaria da congregação, caso eu não fizesse o que estava mandando. E a expulsão significaria ficar sem ninguém, *completamente* sozinha. Você entende? — Ela levou a mão à boca. De início achei que quisesse encobrir a cicatriz. — Eu já tinha visto o que acontece com quem é expulso...

— Entendo...

— Não, você *não* entende, Ulf. Não sei por que estou contando tudo isso a um estranho.

Foi só então que percebi a voz entrecortada pelos soluços.

— Talvez exatamente por eu ser um estranho.

— É, talvez. — Ela fungou. — Você vai embora.

— E como seu pai conseguiu obrigar Hugo, que não fazia parte de uma congregação da qual poderia ser expulso?

— Meu pai disse para ele que, se não casasse comigo, seria denunciado por estupro.

Encarei Lea em silêncio.

Ela endireitou as costas, levantou a cabeça e olhou para o mar.

— Sim, casei com o homem que me estuprou quando eu tinha 18 anos. E dei à luz o filho dele.

Um guincho agudo partiu do continente. Voltei-me para lá. Um corvo-marinho preto dava um rasante na água junto à encosta íngreme.

— Porque essa é a interpretação de vocês da Bíblia?

— Na nossa casa, só há uma pessoa que interpreta a Palavra.

— Seu pai.

— Na noite em que tudo aconteceu, voltei para casa e contei à minha mãe que Hugo tinha me estuprado. Ela me consolou, mas disse que era melhor não fazer nada a respeito. O que condenar um dos filhos de Eliassen por estupro poderia trazer de bom? Mas, quando percebeu que eu estava grávida, ela procurou meu pai. A primeira reação dele foi perguntar se a gente tinha rezado a Deus pedindo que eu não estivesse grávida. A segunda foi decidir que Hugo e eu deveríamos nos casar.

Lea engoliu em seco. Fez uma pausa. E me dei conta de que aquilo era algo que ela havia contado para pouquíssimas pessoas. Talvez para ninguém. E de que, depois do velório, eu estava oferecendo a ela a primeira e melhor oportunidade de dizer aquelas coisas em voz alta.

— Aí meu pai foi procurar o velho Eliassen — prosseguiu Lea. — O pai do Hugo e meu pai são, cada um a seu modo, homens poderosos aqui no vilarejo. O velho Eliassen oferece trabalho às pessoas no mar, e meu pai, a Palavra e o consolo para suas almas perturbadas. Meu pai falou que, se Eliassen não concordasse, ele não teria dificuldades em convencer alguém da congregação a dizer que tinha visto e ouvido coisas naquela noite. O velho Eliassen respondeu que a ameaça não era necessária, que eu, de qualquer maneira, era uma boa noiva para o filho dele e que poderia, quem sabe, fazer Hugo sossegar um pouco. E, uma vez que os dois decidiram que assim seria, assim foi.

— Como... — comecei a perguntar, mas fui interrompido por outro guincho agudo. Não de um pássaro, desta vez.

De Knut.

Ambos ficamos de pé em um salto.

O Pescador sempre encontra o que procura.

Outro grito. Corremos na direção de onde o barulho vinha. Cheguei primeiro ao topo da ilha. Vi o menino. Virei-me para Lea, que corria atrás de mim, segurando a saia.

— Ele está bem.

Knut, parado a uns cem metros de onde estávamos, olhava para alguma coisa na margem.

— O que foi? — gritei para ele lá embaixo.

O menino apontava para algo escuro embalado pelas ondas. Foi então que reconheci o cheiro. Cheiro de cadáver.

— O que foi? — quis saber Lea, ao me alcançar.

Imitei o gesto de Knut, apontando.

— Morte e destruição — disse ela.

Segurei-a quando ela fez menção de ir até onde o menino estava.

— Acho melhor você ficar aqui enquanto vou ver o que é aquilo.

— Não precisa — retrucou ela. — Consigo ver daqui.

— E... o que é?

— Um filhote.

— Filhote?

— De foca. Morto.

Ainda era noite quando remamos de volta para o vilarejo.

Em meio à total calmaria, tudo o que se ouvia era o bater dos remos na água, os respingos cintilando feito diamantes à luz oblíqua do sol.

Sentado na popa do barco, eu observava mãe e filho remarem. Em minha cabeça, cantarolava "Sakta vi gå genom stan".

Os dois eram como um só organismo. Knut, com uma expressão de intensa concentração, tentava manter o corpo firme, usando as costas e o quadril para sustentar um ritmo sereno, regular, adulto no manejo dos pesados remos. Sua mãe, sentada atrás dele, fazia movimentos idênticos, tomando o cuidado de sincronizar as remadas. Ninguém dizia nada. As veias e os tendões nas costas das mãos de Lea moviam-se intensamente, e o cabelo esvoaçava para um dos lados quando, às vezes, ela olhava por cima do ombro para se certificar de que estávamos no rumo certo. Knut, claro, tentava disfarçar o fato de que queria nos impressionar com suas remadas, mas o tempo todo olhava de soslaio em minha direção. Fiz cara de quem estava bastante impressionado e assenti, aprovando. Knut fingiu que não viu, mas notei que ele passou a se esforçar ainda mais em suas remadas.

Usamos uma corda atada a uma roldana para encaixar o barco no reboque de madeira e puxá-lo para dentro da casa de barcos. Foi surpreendentemente fácil rebocar aquele negócio pesado. Não consegui deixar de pensar na persistente inventividade do homem e em sua capacidade de sobrevivência. E em nossa disposição de fazer coisas terríveis, quando preciso.

Caminhamos juntos pela estrada de cascalho na direção das casas. Paramos na cabine de telefone público, no fim do caminho. Uma nova camada de cartazes havia sido colada por cima do anúncio da banda de baile.

— Adeus, Ulf — disse Lea. — Gostei do passeio. Que você volte para casa em segurança e durma bem.

— Adeus.

Sorri. Eles levavam mesmo muito a sério as despedidas ali. Talvez porque as distâncias fossem muito grandes, e o ambiente, inóspito. Não havia como ter certeza de que você voltaria a ver a outra pessoa em breve. Ou de que voltaria a vê-la, simplesmente.

— E ficaríamos muito felizes de reencontrá-lo na oração matinal de sábado, lá na paróquia. — Havia um leve constrangimento em seu tom de voz, o rosto contraído em um espasmo. — Não é, Knut?

O menino apenas assentiu, calado e já meio sonolento.

— Obrigado, mas acho que provavelmente é tarde demais para eu ser salvo.

Não sei dizer se a ambiguidade foi intencional.

— Ouvir a Palavra não vai fazer mal.

Ela me encarou com aqueles olhos estranhos e intensos que pareciam estar sempre à procura de alguma coisa.

— Com uma condição — falei. — Que você me empreste seu carro para eu dirigir até Alta depois. Preciso comprar umas coisinhas.

— Você sabe dirigir? — perguntou ela, eu dei de ombros.

— Quem sabe eu poderia ir também — sugeriu ela.

— Você não precisa fazer isso.

— Pode não ser tão fácil dirigir aquele carro quanto parece.

Não sei dizer se a ambiguidade foi intencional.

Chegando à cabana, deitei-me e dormi imediatamente, sem nem tocar na garrafa de bebida. Até onde me lembro, não sonhei. Acordei com a sensação de que alguma coisa tinha acontecido. Algo de bom. E fazia muito tempo desde a última vez que eu havia sentido aquilo.

Capítulo 12

Espírito Santo, a Vós rogamos
que unidos na mesma fé persistamos
e que nos ajudeis a defendê-la com todo o coração
até nosso último suspiro,
quando, deste lugar de mundana provação,
junto a Vós, na morte, encontraremos retiro.
Kyrie Eleison!

O hino ecoava feito um trovão nas paredes do pequeno salão de orações. Toda a congregação, umas vinte e poucas pessoas, o entoava em uníssono.

Tentei acompanhar a letra no livrinho preto que Lea tinha me dado. O livro de hinos dos laestadianos. "Autorizado por decreto real de 1869", dizia a folha de rosto. Pelo que pude constatar ao dar uma folheada, nem uma só sílaba havia sido mudada nele desde então.

Depois do hino, um homem atravessou o assoalho de madeira rangente com passos firmes até chegar a um púlpito simples. Virou-se para nós.

Era o pai de Lea. Vovô. Jakob Sara.

— *Creio em Deus Pai, Todo-Poderoso, Criador do Céu e da Terra* — começou ele. Todos os demais permaneceram em silêncio, deixando-o recitar sozinho toda a profissão de fé. Em seguida, ele permaneceu imóvel, encarando em silêncio a congregação desde o púlpito. Durante um longo tempo. Quando eu já estava convencido de que havia algo errado, de que algum tipo de bloqueio mental o acometera, ele começou a falar:

— Caros cristãos. Em nome do Pai, do Filho e do Espírito Santo. Sim, gostaríamos de iniciar este encontro em nome da Santíssima Trindade.

Nova pausa. De pé, cabeça baixa, enfiado em um terno que parecia um pouco grande demais, ele dava a impressão de ser um iniciante nervoso, e não, certamente, o pastor experiente de quem Knut havia falado.

— Porque, se a pessoa olhar para si, para o próprio ser, não deve subir a este púlpito, pois somos pecadores desgraçados.

Ele parou. Olhei à minha volta. O estranho era que mais ninguém parecia nem um pouco desconfortável com a óbvia dificuldade do pastor. Consegui contar até dez antes que ele continuasse:

— E, diante dessa coisa valiosa pela qual estamos aqui reunidos, a sagrada, a pura Palavra de Deus, devemos nos perguntar: como ficar à altura dessa Palavra? Isto é, por que é tão difícil subir a este púlpito, como fazemos isso?

Jakob Sara ergueu a cabeça, finalmente. Encarou a congregação. Não havia sinal de incerteza naquele olhar firme e direto. Nada que indicasse a modéstia da qual ele dizia padecer.

— Porque não somos nada além de pó. E ao pó retornaremos. Mas, se permanecermos fiéis à nossa crença, teremos a vida eterna. Esta terra onde vivemos é um lugar de decadência, governado pelo Soberano do Mundo, o Diabo, Satã, aquele que seduz o rebanho.

Talvez fosse impressão minha, mas ele não estava olhando direto para mim?

— É nesta terra que nós, pobres desgraçados, temos que viver. O que nos resta é renunciar ao Diabo e, no pouco tempo que temos aqui, caminhar com esperança.

Outro hino. Lea e eu éramos os mais próximos da saída, e sinalizei para ela que estava indo lá fora fumar um cigarro.

Ali, recostado à parede, fiquei escutando o canto que ecoava dentro do salão.

— Desculpe perguntar, mas pode me ceder um dos seus pregos de caixão?

O salão de orações estava localizado em um dos extremos da rua. Mattis devia ter ficado de tocaia logo depois da esquina. Ofereci o maço a ele.

— Não conseguiram salvar sua alma? — perguntou ele.

— Ainda não — respondi. — Eles cantam um pouquinho desafinado.

O homem riu.

— Ah, você precisa aprender a escutar os hinos do jeito certo. Só gente mundana acha a afinação do canto importante. Para os verdadeiros crentes, emoção é tudo. Por que você acha que nós, lapões, nos tornamos laestadianos? Acredite em mim, Ulf, o espírito que vem e fala em línguas estranhas, as curas e a intensidade emocional dos laestadianos não estão muito longe dos tambores dos xamãs e da bruxaria. — Passei-lhe o isqueiro. — E essa tediosa e infernal cantoria de hinos... — murmurou Mattis.

Tragamos nossos cigarros ao mesmo tempo e ficamos ali, escutando. Quando terminaram de cantar, o pai de Lea começou a falar de novo.

— O pastor precisa parecer que está sofrendo lá no púlpito? — perguntei.

— Quem, Jakob Sara? Sim. O trabalho dele é se fazer passar por um cristão tolo que não escolheu subir naquele púlpito, mas que foi escolhido pela Igreja. — Mattis baixou a cabeça e falou com a voz grave do pastor: — *Meu desejo, desde que fui escolhido para liderar esta congregação, sempre foi que Deus me submetesse aos seus desígnios. Mas carregamos o fardo de nossa carne corrompida.* — Ele deu mais uma tragada no cigarro. — É assim há cem anos. O ideal da modéstia e da simplicidade.

— Seu primo me contou que você era um deles.

— Mas vi a luz. — Mattis olhou para o cigarro, desgostoso. — Só me diga: tem mesmo algum tabaco nesta coisa?

— Você perdeu sua fé quando estava estudando teologia?

— É, mas por aqui já me consideraram um perdido quando fui embora para Oslo. Um verdadeiro laestadiano não vai estudar para ser sacerdote no meio de gente mundana. O único papel de um pastor aqui é dar a conhecer o velho e verdadeiro credo, e não as porcarias modernosas da capital.

O cântico da vez chegou ao fim lá dentro, e de novo soou a voz de Jakob Sara.

— O calvário do Senhor é longo, mas não se enganem: Ele virá como um ladrão, no meio da noite, e, quando a falta de fé da humanidade for revelada, será o colapso da Terra e de seus elementos — falou ele.

— Aliás — retomou Mattis —, ninguém que esteja vivendo sob uma sentença de morte vai querer que ele apareça tão cedo, não é?

— Como?

— Ouso dizer que certas pessoas ficariam bem felizes se ele nunca mais fosse visto em Kåsund.

Parei no meio da tragada.

— Certo — prosseguiu Mattis. — Não sei se aquele tal de Johnny continuou rumo ao norte ou se voltou para casa, mas o fato de não ter encontrado o que estava procurando não é garantia de que não vá voltar.

Tossi, liberando um pouco de fumaça.

— Não que ele vá voltar imediatamente, claro. É provável que você esteja seguro aqui, Ulf. Mas alguém pode resolver discar um número e dizer umas palavrinhas por ali. — Ele apontou para os cabos de telefonia acima de nós. — Pode ser que tenham oferecido dinheiro...

Joguei meu cigarro no chão.

— Você vai me dizer por que veio até aqui, Mattis?

— Ele falou que você roubou uma grana, Ulf. Então quem sabe sua presença aqui não tenha nada a ver com mulher, no fim das contas?

Não respondi.

— E Pirjo, do armazém, disse que você tinha muita. Grana, quero dizer. Deve valer a pena sacrificar um pouco do dinheiro para ter certeza de que ele não vai voltar, não é, Ulf?

— E quanto isso custaria?

— Não mais do que ele ofereceu pelo desfecho oposto. Um pouco menos, na verdade.

— Por que menos?

— Porque ainda acordo à noite, às vezes, com uma pontada de dúvida. E se Ele existir mesmo e, como Johnny, voltar para julgar os vivos e os mortos? Não seria melhor ter mais boas ações do que más, e assim talvez pegar um castigo menos severo? Queimar por uma eternidade um pouquinho mais curta num fogo um pouquinho mais brando?

— Você quer me chantagear por um valor menor do que aquele que ganharia para me entregar porque acha que isso é uma *boa* ação?

Mattis tragou seu cigarro.

— Falei um valor *um pouquinho* menor. Não que eu queira ser canonizado. Cinco mil.

— Você é um escroque, Mattis.

— Venha me visitar de manhã. Deixo você levar outra garrafa na barganha. Birita e silêncio, Ulf. Birita decente e discrição. Esse tipo de coisa custa dinheiro.

Então ele foi embora. Parecia a porra de um ganso gingando rua abaixo.

Voltei para o salão e me sentei. Lea me encarou com uma expressão curiosa.

— Temos um visitante no encontro de hoje — anunciou Jakob Sara, e ouvi o farfalhar das roupas quando as pessoas se viraram para mim. Sorriam para mim e me cumprimentavam com um gesto de cabeça. Eram pura cordialidade e simpatia. — Roguemos ao Senhor que o proteja, para que faça uma viagem segura e, em breve, possa estar de volta ao lugar a que pertence.

Ele baixou a cabeça, no que foi seguido pela congregação. Sua oração era um murmúrio indistinto, e consistia em palavras e frases antiquadas que talvez tivessem algum significado para os fiéis. Uma expressão em particular ressoou em minha cabeça. *Em breve.*

O encontro terminou com um hino. Lea me ajudou a encontrá-lo no livro. Comecei a cantar. Não conhecia a melodia, mas o andamento era tão lento que bastava acompanhar as variações de agudos e graves. Era bom cantar, sentir a vibração das cordas vocais. Talvez Lea estivesse pensando que meu entusiasmo se devia ao hino em si, pois sorria.

Na saída, alguém do lado de fora me pegou com delicadeza pelo braço e me conduziu de volta ao interior do salão. Era Jakob Sara. Ele me conduziu até a janela. Vi Lea desaparecer porta afora. O pai dela esperou até que a última pessoa tivesse saído para começar a conversa.

— Achou bonito o culto?

— Interessante — respondi.

— Interessante — repetiu ele, assentiu e me encarou. — Você está pensando em levá-la com você?

A dócil e vagarosa modéstia na voz havia sumido, e o olhar debaixo daquelas sobrancelhas espessas me colocou contra a parede.

Eu não sabia o que dizer. Será que ele estava sendo irônico ao me perguntar se eu pretendia fugir com sua filha?

— Sim — respondi.

— Sim? — Ele arqueou a sobrancelha.

— Sim. Vou levá-la até Alta. Depois voltamos. Ou melhor, ela é quem vai me levar. Disse que prefere dirigir o carro.

Engoli em seco. Esperava não ter causado nenhum problema. E que não fosse pecado mulheres dirigirem carros com homens no banco do carona ou algo do tipo.

— Estou sabendo que vocês vão a Alta. Lea mandou Knut me avisar. O Demônio é forte em Alta. Sei disso porque já estive lá.

— Melhor a gente levar um pouco de água benta e alho.

Deixei escapar uma risadinha e me arrependi imediatamente. O rosto dele continuou impassível, exceto por um brilho nos olhos que desapareceu tão rápido quanto surgiu, como se um martelo de forja os tivesse acertado.

— Desculpe — falei. — Sou apenas um sujeito de passagem pelo vilarejo. *Em breve* o senhor vai se ver livre de mim, e tudo voltará ao normal. Do jeito que, evidentemente, o senhor gosta.

— Tem certeza disso?

Não soube bem o que ele estava perguntando: se eu tinha certeza de que tudo voltaria ao normal ou seu eu sabia que ele gostava das coisas daquele jeito. Eu só sabia que não estava muito a fim de continuar aquela conversa.

— Amo esse país — continuou ele, voltando-se para a janela. — Não porque seja uma terra generosa ou fácil. Como pode ver, é esparsa e árdua. Não amo este lugar porque seja bonito ou admirável, é um país como qualquer outro. Tampouco o amo porque ele me ama. Sou um lapão, e nossos governantes têm nos tratado como crianças desobedientes ao nos taxar de incompetentes e nos privar de nossa autoestima. Amo isso aqui por ser meu país. Então faço o que é necessário para defendê-lo. Como um pai que defende até o filho mais feio e burro, entende?

Assenti em resposta.

— Eu tinha 22 anos quando me alistei na resistência para lutar contra os alemães. Eles tinham vindo até aqui e violentado meu país, então o que mais eu podia fazer? Em pleno inverno, fiquei aqui neste planalto, quase morto de fome e frio. Não cheguei a atirar em nenhum alemão; tive que refrear minha sede de sangue, porque haveria represálias às comunidades locais se atacássemos. Mas sentia ódio. Sentia ódio, passava fome, congelava e esperava. E, quando enfim chegou o dia em que os alemães foram embora, acreditei que este país de novo era meu. Mas aí me dei conta de que os russos que agora ocupavam a região não necessariamente estavam pensando em se retirar. De que podiam muito bem estar pensando em ocupar o meu país, como os alemães. Descemos do planalto e fui encontrar minha família em um *lavvo* junto com outras quatro famílias. Minha irmã me contou que toda noite os russos apareciam para estuprar as mulheres. Então carreguei minha pistola, esperei e, quando o primeiro deles veio e ficou parado na entrada do *lavvo*, debaixo de um lampião de parafina que eu havia colocado ali, mirei bem no coração dele e atirei. Ele desabou feito um saco. Aí decapitei o sujeito, deixando o quepe militar, e pendurei a cabeça do lado de fora do *lavvo*. A coisa toda não teve qualquer significado para mim; foi como matar um bacalhau, cortar a cabeça e pendurá-lo para secar. No dia seguinte, apareceram dois soldados russos para recolher o corpo decapitado do soldado. Não fizeram perguntas nem tocaram na cabeça. Depois disso, não houve mais estupros. — Ele abotoou o paletó surrado. Alisou a lapela com uma das mãos. — Foi o que eu fiz, e faria de novo. Temos que defender o que é nosso.

— O senhor poderia ter simplesmente denunciado o soldado aos seus superiores — falei. — Teria o mesmo resultado.

— É possível. Mas preferi fazer o trabalho sujo. — Jakob Sara pôs a mão em meu ombro. — Vejo que está melhor.

— Como é?

— Seu ombro.

Então ele deu aquele sorriso diligentemente modesto, arqueou as sobrancelhas espessas como se tivesse acabado de lembrar que precisava fazer algo, deu meia-volta e foi embora.

Lea já estava esperando dentro do carro quando cheguei à casa.

Sentei-me no banco do carona. Ela usava um casaco cinza simples e uma echarpe de seda vermelha.

— Você se arrumou — comentei.

— Que bobagem.

Ela girou a chave na ignição.

— Está bonita.

— Não me arrumei. São roupas, só isso. Ele foi agressivo?

— Seu pai? Estava apenas compartilhando um pouco da sabedoria dele comigo.

Lea soltou um suspiro, engatou a marcha e soltou o freio de mão. Partimos.

— E a conversa que você teve com Mattis na porta do salão, também foi sobre sabedoria?

— Ah, aquilo? Ele queria que eu pagasse por uns serviços.

— E você não quer pagar?

— Não sei. Não decidi ainda.

Passamos pela igreja e vimos uma figura que caminhava no acostamento. Olhei pelo retrovisor e reparei que ela havia ficado parada no meio da nuvem de poeira, observando-nos.

— Aquela é Anita — comentou Lea. Ela deve ter percebido que eu estava atento ao retrovisor.

— Ah — eu disse, no tom mais neutro de que fui capaz.

— Por falar em sabedoria — retomou ela —, Knut me falou da conversa que você teve com ele.

— Qual delas?

— Ele me contou que vai arranjar uma namorada depois do verão. Mesmo que a Ristiinna diga não.

— Sério?

— É. E que Futabayama, a lenda do sumô, só perdia até começar a ganhar.

Nós rimos. Fiquei ouvindo a risada dela. A de Bobby era leve e cheia de vida, feito um córrego abundante. A de Lea também. Não, a de Lea era como um rio que corria devagar.

Em alguns pontos, a estrada fazia curvas e passava por elevações suaves, mas na maior parte o trajeto era uma linha reta que cruzava o planalto, quilômetro após quilômetro. Eu me agarrava à alça de segurança acima da porta. Não sei o porquê — não é preciso fazer isso quando se está a sessenta quilômetros por hora numa estrada reta e plana. É um hábito que sempre tive, nada mais. Manter a mão firme na alça de segurança do teto até o braço ficar amortecido. Já vi outros com a mesma mania. Talvez as pessoas tenham mesmo alguma coisa em comum, no fim das contas: o desejo de se agarrar a algo sólido.

Havia trechos da estrada em que podíamos ver o mar, e outros ainda nos quais o caminho passava por montanhas e colinas baixas e rochosas. Faltava à paisagem o impacto dramático de Lofoten ou a beleza de Vestmark, mas aquele lugar tinha outra coisa. Um vazio silencioso, implacável e reticente. Até o cenário verdejante do verão continha a promessa de tempos mais difíceis e frios que tentariam nos derrubar, e no final conseguiriam. Cruzamos com pouquíssimos veículos e não vimos nenhum animal ou qualquer pessoa. De vez em quando surgia uma casa ou cabana, o que levantava a questão: por quê? Por que aqui?

Duas horas e meia depois, as casas começaram a surgir com mais regularidade, e de repente passamos por uma placa à beira da estrada que dizia "Alta".

A julgar pela placa, chegávamos a uma cidade.

Ao nos depararmos com alguns cruzamentos — as lojas, as escolas e os prédios públicos, todos adornados com o brasão do lugar, uma ponta de flecha branca —, ficou claro que a cidade não tinha um centro, e sim três. Cada um deles era uma pequena comunidade independente, mas ainda assim: quem teria imaginado que Alta fosse uma Los Angeles em miniatura?

— Quando era pequena, eu tinha certeza de que o mundo terminava aqui em Alta — disse Lea.

Talvez isso fosse verdade. Segundo meus cálculos, estávamos ainda mais ao norte.

Estacionamos — o que não chegou a ser um problema — e consegui comprar as coisas que queria antes que as lojas fechassem. Roupas de baixo, botas, uma capa de chuva, cigarros, sabonete e aparelho de barbear. Em seguida, fomos jantar em um restaurante da rede Kaffistova. Com o sabor de bacalhau fresco ainda em mente, em vão procurei por peixe no cardápio. Lea balançou a cabeça com um sorriso.

— Aqui não pedimos peixe quando saímos para comer. Preferimos algo mais sofisticado.

Pedimos almôndegas de carne.

— Quando eu era mais novo, essa era a hora do dia de que eu menos gostava. — Olhei para fora, a rua deserta. Até a paisagem urbana tinha algo de desolador e implacável: também ali pairava a incômoda sensação de que era a natureza que estava no comando, de que os seres humanos eram minúsculos e impotentes. — Sábado, depois do horário de fechamento das lojas e antes do cair da noite. Era a terra de ninguém da semana. Ficar lá, sentado, com a sensação de que todo mundo tinha sido convidado para uma festa ou de que alguma coisa estava prestes a começar. Uma coisa da qual todo mundo sabia. Enquanto você não tinha nem outros amigos perdedores para importunar. A situação melhorava depois do noticiário das sete, quando começava algum programa na TV e a gente tinha alguma coisa com que se distrair.

— Por aqui não tínhamos festas nem televisão — contou Lea. — Mas sempre havia gente por perto. Era normal ir entrando na casa dos outros sem bater e simplesmente se acomodar na sala de estar e bater um papo. Ou se sentar em silêncio e apenas ficar ouvindo. Meu pai era quem mais falava, claro. Mas minha mãe tomava as decisões. Em casa, era ela quem decidia quando meu pai precisava sossegar e dar chance de outras pessoas falarem, e também quando elas deviam ir embora. E tínhamos permissão para ficar acordados e ouvir a conversa dos adultos. Era tão seguro, tão bom. Lembro-me de ter visto meu pai chorar porque Alfred, um bêbado infeliz, havia finalmente encontrado Jesus. Quando, um ano depois, ele soube que Alfred tinha morrido de overdose em Oslo, entrou no carro e viajou quatro mil quilômetros para pegar o caixão, trazê-lo de volta e dar um enterro decente para o sujeito. Você me perguntou em que acredito...

— E?

— É nisso que acredito. Na capacidade que as pessoas têm de fazer o bem.

Após o jantar, fomos para a rua. O céu estava encoberto, e as nuvens conferiam-lhe um aspecto crepuscular. Uma canção escapava pela porta aberta de uma das lanchonetes com cartazes de cachorro-quente, fritas e sorvete. Cliff Richard. "Congratulations."

Entramos. Havia um casal sentado a uma das quatro mesas. Os dois estavam fumando e nos encararam com visível desinteresse. Pedi dois sorvetes grandes com chocolate granulado por cima. Por alguma razão, o sorvete branco que saía em espirais caprichadas da máquina para as casquinhas me fez pensar em um véu de noiva. Levei o sorvete para Lea, que tinha ido até a jukebox.

— Olha — disse ela. — Não é aquela...?

Li a etiqueta atrás do vidro. Coloquei uma moeda de cinquenta *øre* e apertei o botão.

A voz tranquila mas sensual de Monica Zetterlund saiu de mansinho. Assim como o casal de fumantes. Lea se recostou no jukebox; parecia absorver cada palavra, cada nota. Os olhos semicerrados. Os quadris balançando quase que imperceptivelmente de um lado para o outro, fazendo a barra da saia se mover. Quando terminou, ela colocou outra moeda de cinquenta *øre*, e a canção tocou mais uma vez. E mais uma. Então saímos para a noite de verão.

Havia música do outro lado das árvores do parque. Em um gesto automático, caminhamos na direção do som. Uma fila de gente jovem se formava em frente a uma bilheteria. Gente feliz, barulhenta, vestida com roupas de verão em cores alegres e chamativas. Reconheci na bilheteria o mesmo cartaz da cabine de telefone público de Kåsund.

— Vamos...?

— Não posso. — Ela sorriu. — A gente não dança.

— Não precisamos dançar.

— Um cristão também não frequenta lugares como esse.

Nós nos sentamos em um dos bancos debaixo das árvores.

— Quando você diz "cristão"...

— Quero dizer "laestadiano", sim. Sei que, para alguém de fora, isso tudo pode parecer um pouco estranho, mas nos cremos nas antigas traduções da Bíblia. Não acreditamos que a essência da fé possa ser alterada.

— Mas a ideia de fogo do inferno é uma interpretação bíblica que surgiu apenas na Idade Média, ou seja, uma invenção bem moderna. Você não deveria rejeitá-la também?

Lea soltou um suspiro.

— A razão mora na cabeça; a fé, no coração. Nem sempre as duas mantêm uma boa relação.

— Mas a dança também mora no coração. Quando você estava balançando o corpo ao ritmo da música do jukebox, estava à beira de cometer um pecado?

— Talvez. — Ela sorriu. — Mas provavelmente há coisas piores.

— Por exemplo?

— Bom. Andar com evangélicos pentecostais, por exemplo.

— Isso é *pior*?

— Tenho uma prima em Tromsø que deu uma escapada para ir a um encontro do grupo pentecostal local. Quando meu tio descobriu que ela havia saído, ela mentiu dizendo que tinha ido a uma discoteca.

Nós dois rimos.

Já estava um pouco mais escuro. Era hora de pegar o carro e fazer a viagem de volta. Mesmo assim, continuamos sentados ali.

— O que eles sentem ao caminhar por Estocolmo? — perguntou Lea.

— Tudo — respondi, acendendo um cigarro. — Estão apaixonados. É por isso que veem e ouvem tudo, sentem todos os cheiros.

— É isso que as pessoas fazem quando estão apaixonadas?

— Você nunca sentiu isso?

— Nunca me apaixonei — confessou Lea.

— Sério? Por que não?

— Sei lá. Já tive obsessões, sim. Mas, se estar apaixonada é como dizem que é, então nunca me apaixonei.

— Quer dizer que você era uma dessas princesas feitas de gelo? A menina que todos os meninos desejam, mas com quem jamais se atrevem a falar?

— Eu? — Ela riu. — Difícil me ver assim.

Lea levou a mão à boca, mas logo a baixou. Era possível que o gesto fosse inconsciente, pois eu achava difícil acreditar que uma mulher tão bonita pudesse se sentir complexada por causa de uma pequena cicatriz no lábio superior.

— E você, Ulf?

Ela usou meu nome falso sem qualquer resquício de ironia.

— Um monte de vezes.

— Que sorte a sua.

— Ah, quanto a isso, já não sei.

— Por que não seria sorte?

— A gente paga um preço. Mas me tornei muito bom em lidar com a rejeição.

— Até parece.

Sorri e dei uma tragada.

— Eu poderia ter sido um daqueles meninos, sabe?

— Que meninos?

Eu sabia que não precisava responder: o rubor em seu rosto revelou que ela havia entendido o que eu queria dizer. Fiquei um pouco surpreso: Lea não me parecia do tipo que corava.

Estava prestes a responder mesmo assim quando fui interrompido por uma voz cortante.

— O que você está fazendo aqui, porra?

Virei-me para ver quem era. Estavam atrás do banco, a uns dez metros de distância. Eram três. Cada um com uma garrafa na mão. As garrafas de Mattis. Não dava para saber a qual de nós dois a pergunta havia sido dirigida, mas, mesmo no lusco-fusco, pude ouvir e ver quem a tinha feito: Ove. O cunhado com direitos sobre a herança.

— Com esse... esse... sulista?

A voz arrastada deixava claro que ele havia experimentado o conteúdo da garrafa, mas isso não explicava por que Ove não tinha conseguido encontrar um xingamento mais incisivo.

Lea se levantou com um sobressalto e se apressou na direção do cunhado, pondo a mão sobre o braço dele.

— Ove, não...

— Ei, você! Sulista! Olhe para mim! Você achou que agora ia poder trepar com ela, não é? Agora que meu irmão foi para o túmulo e ela ficou viúva. Mas elas não têm permissão para isso, sabe? Elas não têm permissão para trepar! Não até se casarem de novo! Rá, rá!

Ove afastou Lea com um safanão e ergueu a garrafa com um movimento amplo, formando um arco no ar antes de levá-la aos lábios.

— Mas, olha, pode ser que com essa aí dê certo... — Álcool e saliva espirraram da boca do sujeito. — Porque essa aí é uma puta! — Ele me encarou com olhos ferozes. — Uma puta! — repetiu, quando não reagi. Não que eu não conhecesse a regra, válida internacionalmente, de que chamar uma mulher de puta é a senha para levantar e enfiar a mão na cara do sujeito, mas permaneci sentado.

— O que foi, sulista? Você é covarde, além de ladrão de boceta?

Ele riu, claramente satisfeito consigo mesmo porque, enfim, encontrara as palavras certas.

— Ove... — tentou Lea, mas ele a repeliu com a mão que segurava a garrafa, acertando a testa da moça. Talvez não tivesse sido intencional. *Talvez*. Fiquei de pé.

Ele abriu um sorriso. Passou a garrafa para os amigos, que estavam na penumbra debaixo da árvore, e veio em minha direção com os punhos erguidos à frente do corpo. Com as pernas afastadas e passos ágeis e ligeiros, ele assumiu sua posição, a cabeça levemente inclinada por trás dos punhos, o olhar subitamente límpido e concentrado. Quanto a mim, minha experiência com luta corporal desde que havia saído do ensino fundamental era pouca. Corrigindo. Minha experiência com luta corporal desde que havia saído do ensino fundamental era nenhuma.

O primeiro golpe me acertou no nariz; meus olhos imediatamente se encheram de lágrimas, deixando-me às cegas. O segundo me atingiu na mandíbula. Senti que alguma coisa se soltava e, em seguida, o gosto metálico de sangue. Cuspi um dente e arrisquei um murro no vazio. O terceiro soco me atingiu de novo no nariz. Não sei o que os demais ouviram, mas, para mim, o som foi como o de uma batida de carro.

Mais um murro no vazio da noite de verão. O golpe seguinte me acertou no peito quando, cambaleando na direção do adversário, tentei investir o corpo contra ele e envolver seus braços, de modo a imobilizá-los e impedir novos estragos. Mas o sujeito liberou a mão esquerda e me golpeou várias vezes no ouvido e na têmpora. O som foi de um estrondo, seguido de um zunido agudo, como se algo tivesse rachado. Rangi os dentes feito um cachorro, cravei-os numa parte qualquer, uma orelha, e mordi o mais forte que pude.

— Porra! — berrou Ove.

Ele desvencilhou os braços com um puxão e prendeu minha cabeça debaixo do braço direito. Senti o odor pungente de suor e adrenalina. Não era a primeira vez. Era o mesmo cheiro dos sujeitos que, de repente, confrontados com o fato de que deviam dinheiro ao Pescador, não sabiam o que poderia acontecer.

— Se você encostar nela... — sussurrei junto ao que tinha sobrado da orelha dele, ouvindo o gorgolejar das palavras em meu próprio sangue — ... eu te mato.

Ele riu.

— E você, sulista? Que tal se eu arrebentasse o resto dos seus adoráveis dentes brancos?

— Pode arrebentar — resfoleguei. — Mas se encostar nela...

— Com isso aqui?

Tudo o que posso dizer de bom sobre a faca que ele segurava com a mão livre é que era menor do que a de Knut.

— Você não tem coragem — gemi.

Ele aproximou a ponta da faca da minha bochecha.

— Não tenho?

— Vai, então, seu filho de um... — não entendi por que, de repente, minha língua travou, até sentir nela o aço frio da lâmina e me dar conta de que ele tinha perfurado minha bochecha — ... de um incesto — consegui completar com algum esforço, uma vez que a palavra não tem uma pronúncia das mais fáceis.

— O que você disse, babaca?

Senti a faca sendo girada em meu rosto.

— Filho do próprio irmão — sibilei. — É por isso que você é tão tosco e feio.

A faca foi puxada para fora com um movimento repentino.

Eu sabia o que estava por vir. Sabia que tudo terminaria ali. E que eu basicamente tinha pedido que isso acontecesse, implorado até. Um sujeito como aquele, com genes tão violentos, não tinha alternativa senão me esfaquear.

Por que fiz aquilo? Porra, como eu queria saber. Porra, como eu queria entender que tipo de cálculo é feito em nossa cabeça, quais são as somas e as subtrações que nos levam a ter esperança de obter um resultado positivo. Só sei que cálculos desse tipo devem ter se agitado em meu cérebro privado de sono e desnorteado pelo sol e pelo álcool. O fator positivo era o sujeito pegar uma pena longa por homicídio, e aí, nesse tempo, Lea poderia ir para bem longe, ou pelo menos, se tivesse juízo, poderia tomar posse de parte do dinheiro que ela sabia onde encontrar. Somado a isso, quando Ove fosse solto, Knut Haguroyama estaria suficientemente crescido para proteger a mãe e a si mesmo. Do lado das subtrações tinha minha vida. A qual, considerando-se o tempo que me restava e como eu o viveria, não valia muita coisa. Pois é, até eu me virava em matemática.

Fechei os olhos. Senti o sangue quente escorrendo pelo rosto e descendo pelo colarinho.

Esperei.

Nada aconteceu.

— Você *sabe* que sou capaz disso — disse uma voz.

O braço que apertava meu pescoço afrouxou.

Recuei dois passos. Abri os olhos.

Ove tinha levantado os braços e largado a faca. Bem diante dele estava Lea. Reconheci a pistola que ela segurava, apontada para a cabeça do cunhado.

— Cai fora daqui — ordenou ela.

O pomo de adão de Ove Eliassen subiu e desceu na garganta.

— Lea...

— Agora!

Ele se abaixou para pegar a faca.

— Acho que isso não é mais seu — grunhiu Lea.

Ove ergueu as palmas das mãos e recuou na escuridão, sem levar nada. Ouvimos imprecações furiosas, o som de garrafas sendo entornadas de um gole só e o farfalhar de galhos enquanto eles desapareciam entre as árvores.

— Aqui — disse Lea, passando a pistola para mim. — Estava no banco.

— Deve ter caído.

Enfiei a arma de volta no cós da calça. Engoli o sangue da bochecha, senti minha pulsação martelando freneticamente nas têmporas e percebi que um dos ouvidos não escutava muita coisa.

— Vi você largando a pistola no banco antes de levantar, Ulf. — Ela ergueu uma sobrancelha. Um hábito de família. — Esse buraco na sua bochecha precisa ser suturado. Venha, tenho agulha e linha no carro.

Não me lembro de muita coisa da viagem de volta. Bom, eu me lembro de seguirmos com o carro até o rio Alta, e de que ali, na margem, nos sentamos em um banco e ela lavou meus ferimentos. Fiquei ouvindo o som da água e olhando para os seixos que, ao longo da encosta íngreme e pálida, pareciam um monte de açúcar. E me lembro de pensar que tinha visto mais o céu naqueles dias e noites que havia passado ali do que em toda minha vida até então.

Lea apalpou meu nariz com cuidado e concluiu que não estava quebrado. Então fez a sutura em minha bochecha, enquanto falava comigo na língua dos lapões e cantava algo que, supostamente, seria um *joik* para ajudar a sarar. O *joik* e o barulho do rio. E me lembro de ter sentido um pouco de náusea, mas ela espantou os mosquitos e acariciou minha fronte por mais tempo do que o necessário para impedir que o cabelo caísse sobre o ferimento. Quando perguntei por que carregava agulha, linha e antisséptico no carro e se a família dela estava propensa a sofrer acidentes quando saía de casa, ela fez que não com a cabeça.

— Não quando saímos de casa. É para acidente doméstico.

— Acidente doméstico?

— É. Um acidente chamado Hugo. Ele enchia a cara e partia para cima. A única coisa a fazer era sair correndo de casa e cuidar dos eventuais estragos.

— Você fazia as suturas em si mesma?

— E no Knut.

— Hugo batia no *Knut*?

— Por que você acha que ele levou aqueles pontos na testa?

— E foi você que suturou? Aqui, dentro do carro?

— Foi no começo do verão. Hugo estava bêbado e aconteceu o de sempre. Ele disse que eu o estava encarando com aquele olhar de reprovação e que não teria tocado em mim naquela noite se eu tivesse tido a consideração de demonstrar respeito por ele, em vez de simplesmente ignorá-lo. Afinal, eu não passava de uma menina, na época, enquanto ele era um Eliassen que tinha acabado de voltar do mar com uma grande quantidade de peixe. Não respondi, então ele ficou ainda mais furioso e, por fim, levantou para me bater. Eu sabia como me defender, mas nessa hora Knut entrou na frente. Hugo apanhou a garrafa. Acertou a testa dele, que acabou desmaiando, e eu o levei para o carro. Quando voltei para casa, Hugo tinha se acalmado, mas Knut ficou de cama por uma semana, tendo tonturas e náusea. Um médico veio de Alta para tratar dele. Hugo falou para ele e para todo mundo que Knut tinha caído da escada. Eu... eu não contei nada a ninguém, e o tempo inteiro dizia a Knut que tinha certeza de que aquilo não ia acontecer de novo.

Eu havia entendido errado. Havia entendido errado quando Knut me contou que a mãe tinha dito que ele não precisava se preocupar com o pai.

— Ninguém soube de nada — continuou Lea. — Até que uma noite, quando a gangue de bebuns de costume estava lá na casa do Ove e alguém perguntou o que *realmente* tinha acontecido, Hugo contou a eles tudo sobre a mulher e o moleque que não o respeitavam e como tinha colocado os dois em seus devidos lugares. Então o vilarejo todo soube. Foi quando Hugo saiu para o mar.

— Então foi isso que o sacerdote quis dizer quando falou que Hugo tinha fugido das coisas que fez sem ter oferecido uma reparação?

— Falava disso e de todo o resto — disse Lea. — Sua têmpora está sangrando.

Ela tirou a echarpe vermelha do pescoço e a atou em volta da minha cabeça.

Não me lembro de nada do que aconteceu depois disso. Quando voltei a mim, depois de um bom tempo, estava encolhido no banco de trás do carro, e Lea me disse que já havíamos chegado. Eu provavelmente tinha sofrido alguma concussão, ela falou, por isso me sentia tão sonolento. Disse que seria melhor me acompanhar de volta à cabana.

Segui na frente e, uma vez fora do campo de visão do vilarejo, sentei-me em uma pedra. Luz e calmaria. Como o instante que antecede uma tempestade. Ou depois dela, depois de uma tempestade que tivesse devastado toda a vida. O nevoeiro rondava as encostas verdes das montanhas, feito espíritos em lençóis brancos, engolindo pelo caminho as pequenas bétulas que, ao ressurgirem do outro lado da névoa, pareciam enfeitiçadas.

Lea se aproximou. Andar meio gingado, também enfeitiçada.

— Dando uma caminhada? — perguntou, com um sorriso.

— Quem sabe não estamos indo para o mesmo lado?

Esconderijo secreto.

Meu ouvido começou a zunir e a apitar, e fiquei zonzo, então Lea seguiu ao meu lado, me amparando, só para garantir. A caminhada transcorreu com notável rapidez, possivelmente porque eu estava à beira da inconsciência. Quando por fim cheguei novamente à cabana, tive a estranha sensação de voltar para casa, uma sensação de segurança e uma paz que jamais havia sentido em nenhum dos tantos lugares onde eu havia morado em Oslo.

— Você pode dormir agora — disse ela, tocando minha testa. — Vá devagar amanhã. E não beba nada que não seja água. Promete?

— Aonde você está indo? — perguntei quando ela se afastou da beirada da cama.

— Para casa, claro.

— Você está com pressa? Knut está com o avô.

— Bom, com muita pressa, não. Só acho que você deveria ficar deitado, quieto, e não falar com ninguém nem se preocupar com nada.

— Concordo, mas você poderia deitar aqui quietinha comigo? Só um pouco.

Fechei os olhos. Escutei a respiração tranquila dela. Conseguia ouvi-la ponderar meu pedido.

— Não ofereço perigo — garanti. — Não sou nenhum evangélico pentecostal.

Ela riu baixinho.

— Só um pouco, então.

Cheguei para perto da parede, e ela se espremeu ao meu lado na cama estreita.

— Vou embora quando você pegar no sono — disse Lea. — Knut deve chegar cedo em casa.

Fiquei deitado, com a sensação de estar meio fora dali, mas absolutamente presente, os sentidos absorvendo tudo: o calor e a pulsação do corpo de Lea, o aroma que o decote da blusa exalava, o cheiro bom do cabelo, a mão e o braço que ela havia posicionado entre nós para que o contato entre os corpos não fosse direto.

Acordei com a impressão de que era noite. Talvez fosse a quietude do lugar. Mesmo com o sol da meia-noite em seu zênite, era como se a natureza repousasse, como se seus batimentos desacelerassem. O rosto de Lea havia deslizado para a curva do meu pescoço; eu podia sentir o nariz dela ali, sua respiração em minha pele. Deveria acordá-la, dizer que, se ela quisesse voltar para casa antes de Knut chegar, estava na hora de ir embora. Claro que eu queria que ela estivesse de volta a tempo para que o menino não ficasse preocupado. Mas também queria que ela ficasse comigo, pelo menos por mais alguns segundos. De modo que não me mexi, simplesmente permaneci ali, imóvel, refletindo. Sentindo-me vivo. Como se o corpo de Lea desse vida ao meu. Um estrondo soou ao longe. Senti os cílios dela adejando contra minha pele e percebi que tinha acordado.

— O que foi isso? — sussurrou Lea.

— Um trovão. Nada com que se preocupar, foi bem longe.

— Nunca tem trovão por aqui. Faz frio demais.

— Talvez seja o clima quente do sul a caminho.

— Talvez. Tive um sonho tão ruim...

— Com quem?

— Com ele, vindo para cá. Vindo matar a gente.

— O cara de Oslo? Ou Ove?

— Não sei. Não sei dizer quem era.

Continuamos ali, deitados, esperando ouvir outros trovões. Nada.

— Ulf?

— Sim?

— Você já esteve em Estocolmo?

— Já.

— É bonito?

— No verão é muito bonito.

Ela ergueu o corpo, apoiando-se em um dos braços, e me encarou.

— Jon — falou. — Signo: leão.

Assenti.

— Foi o cara de Oslo quem disse isso a você?

Ela fez que não com a cabeça.

— Vi na placa que você carrega pendurada no pescoço enquanto você dormia: "Jon Hansen, nascido em 24 de julho." Sou de libra. Você é fogo, eu sou ar.

— Vou arder no inferno, enquanto você vai para o céu.

Ela sorriu.

— É a primeira coisa que vem à sua cabeça?

— Não.

— O que é, então?

O rosto dela estava tão próximo, os olhos eram tão negros e intensos...

Não soube que estava prestes a beijá-la até já ter beijado. Nem tenho certeza de que fui eu quem a beijei ou se foi ela quem me beijou. Mas, terminado o beijo, eu a abracei forte e a puxei para junto de mim, sentindo seu corpo, o ar assobiando ao sair entre seus dentes, como se ela fosse um fole.

— Não! — gemeu ela. — Você não deve fazer isso!

— Lea...

— Não! A gente... Eu não posso. Me solte!

Soltei-a.

Ela se levantou da cama com algum esforço. Ficou ali parada, no meio da cabana, ofegante, encarando-me, severa.

— Pensei que... — falei. — Desculpe. Eu não queria...

— Shhh — interrompeu-me ela, baixinho. — Isso não aconteceu. E não voltará a acontecer. Nunca mais. Entende?

— Não.

Ela soltou o ar num longo e trêmulo gemido.

— Eu sou casada, Ulf.

— Casada? Você é viúva.

— Você não entende. Não sou casada apenas com ele. O casamento é com... tudo. Com tudo aqui. Nós dois pertencemos a mundos diferentes. Você tira seu sustento das drogas, eu sou uma sacristã, uma crente. Não sei qual é a sua razão de viver, mas essa é a minha, isso e meu filho. Nada mais importa, e não vou deixar que um... um sonho idiota e irresponsável estrague tudo. Não posso me permitir isso, Ulf. Você entende?

— Mas eu já disse que tenho dinheiro. Dê uma olhada ali, debaixo daquela tábua ao lado do armário tem...

— Não, não, não! — Ela tapou os ouvidos com as mãos. — Não quero escutar, não quero dinheiro nenhum! Quero o que tenho, nada mais. Não podemos nos ver mais, não quero ver você de novo, está acabado... acabou essa bobagem, essa loucura... e agora vou embora. Não venha me procurar. E não virei procurar você também. Adeus, Ulf. Tenha uma vida feliz.

Um instante depois ela estava fora da cabana, e eu já começava a duvidar de que alguma coisa tinha realmente acontecido. Sim, ela havia me beijado, a dor na minha bochecha não me deixava enganar. Mas então o resto deveria ser verdade também, a parte em que ela dizia que não queria me ver nunca mais. Levantei-me e fui lá fora, a tempo de vê-la correr na direção do vilarejo à luz da lua.

Claro que ela estava fugindo. Quem não fugiria? Eu faria o mesmo. Em outra época, há muito tempo. Na época em que eu era do tipo que fugia. Ela não podia se permitir fugir comigo; eu fugia porque não me permitia ficar. Onde foi que eu estava com a cabeça? Duas pessoas como nós, juntas? Não, eu não estava pensando nisso. Tudo não passa de um sonho, talvez, daquele jeito que nossas mentes têm de evocar imagens e fantasias. Hora de acordar do sonho.

Ouvi o estrondo de outro trovão, um pouco mais perto dessa vez. Olhei para o oeste. Para a barreira de nuvens cinza-chumbo que se erguia naquela direção.

Ele, vindo pra cá. Vindo para matar a gente.

Voltei para dentro da cabana e apoiei a testa na parede. Acreditava em sonhos tanto quanto em deuses. Estava mais inclinado a acreditar no amor de um viciado pelas drogas do que no amor de uma pessoa por outra. Mas acreditava na morte, isso sim. Essa era uma promessa que eu sabia que seria cumprida. Em uma bala de nove milímetros a mil quilômetros por hora — nisso eu acreditava. E que a vida era o tempo entre essa bala sair da pistola e partir um cérebro ao meio.

Peguei a corda embaixo do beliche e a amarrei na maçaneta da porta. Atei a outra extremidade à pesada armação da cama chumbada à parede, de modo que era impossível abrir a porta do lado de fora. Apertei mais os nós. Pronto. Então me deitei, olhando para o estrado da cama de cima do beliche.

Capítulo 13

Foi em Estocolmo. Faz muito, muito tempo. Antes de tudo. Eu tinha 18 anos e havia chegado de trem, vindo de Oslo. Caminhei sozinho pelas ruas de Södermalm. Perambulei pelo gramado de Djurgården, fiquei balançando as pernas sentado em um dos atracadouros enquanto apreciava a vista do Palácio Real, do outro lado, pensando que jamais trocaria minha liberdade por aquilo. Então me vesti o melhor que pude com o pouco de que dispunha para isso e segui para o Teatro Real de Arte Dramática, pois havia me apaixonado por uma garota norueguesa que estava fazendo o papel de Solveig na peça *Peer Gynt*.

Ela era três anos mais velha que eu, e tínhamos nos conhecido em uma festa. Devia ser por isso que eu estava ali. Principalmente por isso. Ela se saiu bem na peça, falava sueco como uma nativa, ou pelo menos assim me pareceu. Era uma garota atraente e inalcançável. Ainda assim, minha paixão murchou durante o espetáculo. Talvez porque ela não tivesse como competir com o dia que eu havia passado na companhia de Estocolmo. Talvez porque eu tivesse apenas 18 anos e, a essa altura, já estava me apaixonado pela garota ruiva da fileira da frente.

No dia seguinte, comprei um pouco de haxixe na Sergels torg. Caminhei pelo Kungsträdgården, onde voltei a ver a garota ruiva. Perguntei a ela se havia gostado da peça, mas a garota simplesmente deu de ombros e me ensinou a enrolar um baseado em sueco. Tinha 20 anos, era de Östersund e morava em um pequeno apartamento na Odenplan. Logo ao lado havia um restaurante decente, o Tranan, onde comemos arenque frito com purê de batatas e bebemos uma lager de teor alcoólico médio.

Descobri, no fim das contas, que ela não era a garota que eu tinha visto na fileira da frente e que nunca havia estado no Teatro Real de Arte Dramática. Fiquei na casa dela por três dias. Ela ia trabalhar enquanto eu perambulava pelas ruas, respirando o verão e a cidade. No retorno a Oslo, sentado no trem, olhando pela janela, pensei no que tinha dito sobre voltar a Estocolmo um dia. E, pela primeira vez, me ocorreu o mais deprimente de todos os pensamentos: não há volta. O agora se torna o depois, o hoje se torna ontem e assim por diante, numa porra de uma sequência infinita, porque não existe marcha a ré no veículo que chamamos de vida.

Acordei novamente.

Alguma coisa arranhava a porta. Virei-me na cama e vi que a maçaneta subia e descia.

Ela havia mudado de ideia. Tinha voltado.

— Lea?

Meu coração martelava loucamente de alegria. Joguei as cobertas para o lado e apoiei os pés no chão.

Nenhuma resposta.

Não era Lea.

Era um homem. Um homem forte e furioso. Porque a força com que movia a maçaneta da porta fazia ranger as juntas da armação da cama.

Apanhei o rifle, que estava encostado à parede, e mirei na porta.

— Quem está aí? O que você quer?

Continuei sem resposta. Mas o que a pessoa do outro lado diria? Que estava ali para me apagar, então, pediria, por favor, que eu destrancasse a porta? A corda vibrava como se pertencesse a um piano, e a porta agora começava a rachar. Uma abertura grande o suficiente para passar o cano de um revólver...

— Responda, ou eu atiro!

O estrado da cama parecia gritar de agonia, como se os pregos enormes estivessem sendo arrancados, milímetro a milímetro. Então ouvi um clique do lado de fora, um som semelhante ao de um revólver sendo engatilhado.

Atirei. Duas vezes. Três. Quatro. As três balas do pente e uma da câmara.

Depois disso, o silêncio ficou ainda mais opressivo.

Prendi a respiração.

Merda! O barulho de alguma coisa raspando a porta prosseguia. Houve um estrondo quando a maçaneta foi puxada para fora e desapareceu. Em seguida, um berro alto e lamentoso, e o mesmo clique de antes. Que finalmente reconheci.

Peguei a pistola que estava embaixo do travesseiro, afrouxei a corda e abri a porta.

A rena não tinha ido longe. O bicho estava deitado sobre as urzes a uns vinte metros da cabana, do lado que dava para o vilarejo. Como se instintivamente estivesse à procura de pessoas, não da floresta.

Fui até o animal.

Estava deitado, imóvel, mexia apenas a cabeça. A maçaneta da porta ainda estava presa ao chifre. O ruído de algo arranhando a madeira. O bicho havia engatado o chifre na maçaneta ao raspá-lo na porta da cabana.

Agora, com a cabeça apoiada no chão, olhava para mim. Eu sabia que naqueles olhos não havia, na verdade, nenhuma súplica, que isso era apenas impressão minha. Levantei a mão com a pistola. Vi o movimento refletido nas pupilas aquosas.

O que Anita tinha dito? *Você vai atirar no reflexo*. A rena solitária, que escapara do bando para encontrar seu esconderijo secreto, chegava ao fim de seus dias — esse não era eu?

Não conseguia reunir coragem para atirar. Claro que não.

Fechei os olhos. Com força. Pensei no que aconteceria depois. No que não aconteceria depois. Chega de lágrimas, medo, arrependimento, culpa, sede, saudade, sensação de perda. Chega de jogar fora todas as oportunidades oferecidas.

Disparei. Duas vezes.

Então voltei à cabana.

Deitei-me na cama. Beijo e morte. Beijo e morte.

Acordei algumas horas mais tarde com dor de cabeça, um ruído contínuo no ouvido e a sensação de que aquele era o fim. A gravidade agia sobre meu corpo, tirando de mim toda luz e toda esperança. Mas eu ainda não tinha chegado ao fundo; ainda poderia me salvar, se fosse rápido e se me agarrasse a uma boia. Só havia uma salvação, e, se afundasse outra vez, a escuridão seria ainda mais negra e duradoura. Precisava encontrar a saída agora mesmo.

Na falta de Valium, me agarrei à única boia que tinha. Abri a garrafa de bebida.

Capítulo 14

Talvez a bebida tenha afastado o pior da escuridão, mas não conseguiu tirar Lea do meu coração e da minha mente. Se eu não havia me dado conta até então, agora sabia. Estava irremediavelmente, desesperadamente e estupidamente apaixonado. De novo.

Mas dessa vez era diferente. Não havia nenhuma garota na fileira da frente. Só ela. Eu queria aquela cristã fervorosa, com seu menino, sua cicatriz no lábio e um marido morto há poucos dias por afogamento. Lea. A garota dos cabelos negros como um corvo, uma luz azulada nos olhos e um gingado no andar. Que falava devagar, sem complicação, que refletia antes. A mulher que via o outro como ele era, e o aceitava. Que *me* aceitava. Apenas isso já...

Virei-me para a parede.

E ela me queria. Mesmo tendo dito que não pretendia me ver nunca mais, eu sabia que ela me queria. Por que outra razão teria me beijado? Ela havia me beijado; não teria feito isso se não quisesse. E não aconteceu nada depois disso, até ela fugir.

De modo que, a não ser que Lea tenha achado que eu beijava tão mal a ponto de me dar o fora ali mesmo, a questão era simplesmente fazê-la entender que eu estaria sempre ao lado dela. Que cuidaria dela e de Knut. Que ela havia me entendido mal. Que *eu* tinha me entendido mal. Eu não queria fugir, não dessa vez. Porque eu era capaz, sim, de formar um lar. Só não havia tido a chance de provar isso. Agora que pensava nessa ideia, estava gostando disso. Gostava da solidez, da previsibilidade. Sim, até mesmo da uniformidade, da monotonia. Sempre havia buscado essas coisas, no fim das contas. Só não as tinha encontrado. Até agora.

Ri de mim mesmo. Não consegui me conter. Porque ali estava eu, deitado, sentenciado à morte, bêbado, matador de aluguel fracassado, planejando uma vida longa e feliz com uma mulher que, em nossa mais recente conversa, havia dito em termos nada ambíguos que eu era a última pessoa que ela queria voltar a ver.

Quando me virei na cama e constatei que a garrafa estava vazia sobre a cadeira à minha frente, entendi que uma das duas coisas estava fadada a acontecer.

Eu tinha de vê-la. Ou precisaria de mais bebida.

Antes de pegar outra vez no sono, ouvi um uivo distante que se tornou mais alto até sumir. Eles estavam de volta. Eram capazes de sentir o cheiro de morte e decadência, e logo estariam aqui.

As coisas estavam ficando desesperadoras.

Levantei cedo. O aglomerado de nuvens continuava a oeste; não havia se aproximado e, na verdade, parecia ter recuado um pouco. Tampouco escutei novos trovões.

Lavei-me no córrego. Tirei a echarpe vermelha ainda atada em torno da minha cabeça e lavei o ferimento da têmpora. Troquei a roupa de baixo e coloquei uma camisa limpa. Fiz a barba. Estava prestes a lavar a echarpe quando senti que a peça ainda continha o cheiro dela. Mudei de ideia e a coloquei em volta do pescoço. Murmurei as palavras que estava pensando em dizer, palavras que eu já devia ter mudado umas oito vezes em uma hora, mas que, mesmo assim, sabia de cor. Não era para ser algo elaborado, apenas sincero. E terminaria com: "Lea, eu te amo." Caramba, claro que tinha de terminar assim. Eu estou aqui e amo você. Se tiver de fazer isso, se for capaz de fazer isso, me ponha para fora. Mas estou aqui, estendendo minha mão a você, e nela repousa meu coração. Enxaguei a lâmina de barbear e escovei os dentes, só para o caso de ela querer me beijar de novo.

E, a pé, tomei o rumo do vilarejo.

Um enxame de moscas alçou voo do cadáver da rena quando passei por perto. Parecia ter aumentado de tamanho. Exalava um mau cheiro que, até então, eu não havia percebido, embora o animal estivesse a apenas vinte passos da cabana. Presumi que o vento constante soprando para oeste havia afastado o odor. Faltava um dos olhos. Uma ave de rapina, provavelmente. Mas não parecia que algum lobo ou qualquer outro animal de porte tivesse se banqueteado por ali. Não ainda.

Segui em frente. Passos rápidos e firmes. Passei pelo vilarejo e fui adiante até o píer. Antes de encontrar Lea, precisava resolver umas coisinhas.

Tirei a pistola da cintura, dei alguns passos rápidos e atirei a arma no mar, o mais longe que consegui. Então fui ao armazém da Pirjo. Comprei uma lata de almôndegas de rena como pretexto e perguntei onde Mattis morava. Depois de três tentativas inúteis de me explicar em finlandês como chegar lá, ela me conduziu para fora da loja e apontou para uma casa que ficava a dois ou três arremessos de pistola dali.

Mattis atendeu depois de eu ter tocado a campainha pela terceira vez e estar prestes a ir embora.

— Pensei ter escutado alguém aqui fora — disse ele. O cabelo estava todo arrepiado, e ele usava um suéter de lã cheio de furos, cueca e meias grossas, também de lã. — A porta está destrancada. O que está fazendo parado aí?

— Você não escutou a campainha?

Ele olhou com interesse para o objeto para o qual eu apontava.

— Olha só, eu tenho uma campainha! — exclamou. — Mas parece que não está funcionando. Entra.

Mattis, como era evidente, morava em uma casa sem mobília.

— Você mora aqui? — perguntei.

Minha voz ecoava nas paredes.

— Com o mínimo possível. Mas esse é meu endereço.

— E quem é seu decorador?

— Herdei a casa de Sivert. Outra pessoa herdou os móveis.

— Sivert era um parente seu?

— Sei lá. Talvez. Na verdade, acho que a gente tinha algumas semelhanças. Ele provavelmente achou que éramos parentes.

Dei uma risada, e Mattis me encarou sem entender. Em seguida, ele vestiu uma calça e se sentou no chão. Pernas cruzadas.

Fiz o mesmo.

— Desculpa perguntar, mas o que aconteceu com seu rosto?

— Esbarrei num galho — respondi, tirando o dinheiro do bolso do paletó.

Ele contou as notas. Abriu um sorriso e enfiou a grana no próprio bolso.

— Bico calado — prometeu. — E uma bebida bem fresquinha, direto da adega. O que você quer?

— Tem mais de um tipo?

— Não. — O sorriso de sempre. — Isso significa que você está pensando em ficar em Kåsund, Ulf?

— Talvez.

— Agora que você está a salvo aqui, por que ir a outro lugar? Vai continuar lá na cabana?

— E onde mais?

— Bom... — Parecia que aquele sorriso estava pintado no rosto dele. — Você já conhece algumas mulheres no vilarejo. Quem sabe não estaria a fim de arrumar um lugarzinho para se aquecer com o outono a caminho?

Flertei com a ideia de dar um soco bem no meio daqueles dentes manchados. De onde ele havia tirado aquilo? Dei um sorriso forçado.

— Seu primo anda te contando histórias agora?

— Primo?

— O Konrad. Kåre. Kornelius.

— Ele não é meu primo.

— Ele disse que é.

Tentei descruzar as pernas.

— Disse? — Mattis arqueou uma sobrancelha e coçou o cabelo desgrenhado. — Cacete, isso significa que... Ei, aonde você está indo?

— Para longe daqui.

— Mas você ainda nem tomou seu trago.

— Consigo ficar sem ele.

— Consegue mesmo? — gritou Mattis às minhas costas.

Caminhei por entre os túmulos até a igreja.

A porta estava só encostada, então entrei.

Ela estava junto ao altar, de costas para mim, ajeitando umas flores num vaso. Inspirei, tentando manter a respiração tranquila, mas com o coração já fora de controle. Caminhei até ela com passos firmes. Mesmo assim, Lea deu um pulo quando pigarreei.

Ela se virou. Os dois degraus que me separavam do altar faziam com que Lea me olhasse de cima. Seus olhos estavam vermelhos, duas frestas estreitas debaixo das pálpebras inchadas. Imaginei que meu coração devia estar visível do lado de fora, que os batimentos não demorariam a se destacar em meu peito.

— O que você quer?

A voz sussurrada era rouca, como a de quem havia chorado muito.

E tudo se perdeu.

Todo o discurso que eu havia planejado se perdeu, foi esquecido.

Só uma frase restou, a última.

Então eu a pronunciei.

— Lea, eu te amo.

Ela piscou, como que horrorizada.

Encorajado pelo fato de não ter sido imediatamente expulso dali, fui em frente:

— Quero que você e Knut venham comigo. Para um lugar onde ninguém vai nos encontrar. Uma cidade grande. Uma cidade que tem um arquipélago, purê de batatas e cerveja de teor alcoólico médio. Podemos sair para pescar e ir ao teatro. E voltar caminhando sem pressa para o nosso apartamento na Strandvägen. Se tiver que ser lá, não vou poder comprar nada muito grande, porque é uma rua cara. Mas seria um apartamento só nosso.

Ela sussurrou alguma coisa, e seus olhos já vermelhos se encheram de lágrimas.

— O que você disse? — perguntei.

Dei um passo para a frente, mas parei assim que ela ergueu as mãos. Segurava um buquê de flores murchas diante do corpo, como proteção. Repetiu o que tinha dito, mais alto dessa vez:

— Foi isso que você disse a Anita também?

A sensação era de que alguém havia jogado um balde de água do mar de Barents em mim.

— Ela veio aqui. Para prestar suas condolências por Hugo, segundo me disse. E, como tinha visto nós dois no meu carro, pensou que eu poderia saber por onde você andava. Uma vez que você tinha prometido procurá-la de novo.

— Lea, eu...

— Nem precisa se explicar, Ulf. Vá embora daqui, só isso.

— Não! Você sabe, eu precisava de um esconderijo. Johnny estava atrás de mim. Anita se ofereceu para me dar abrigo, e eu não tinha outro lugar para onde ir.

— Então você nem sequer encostou nela?

Tive a impressão de detectar na voz dela um mínimo vestígio de dúvida.

Eu queria negar, mas os músculos da minha mandíbula pareciam paralisados, e fiquei ali, simplesmente de boca aberta. Knut tinha razão: eu não tinha talento para a mentira.

— Eu... eu talvez tenha tocado nela, talvez. Mas não significou nada.

— Ah, não? — Lea fungou e secou uma lágrima com as costas da mão. — Talvez seja melhor assim, Ulf. Eu não poderia mesmo ir com você a lugar algum, mas assim pelo menos não vou precisar ficar me perguntando como teria sido.

Lea abaixou a cabeça, virou as costas e saiu andando em direção à sacristia. Nada de despedidas elaboradas.

Eu queria sair correndo atrás dela. Fazê-la parar. Explicar. Implorar. Compeli-la. Era como se toda minha energia, toda minha força de vontade, tivesse sido drenada.

Quando ela bateu a porta ao sair e o som ecoou nas vigas do telhado, eu soube que era a última vez que via Lea.

Cambaleante, voltei à luz do dia. Parado nos degraus da igreja, contemplei, com os olhos ardendo, as fileiras de túmulos.

Então a escuridão veio. E eu mergulhei nela. Fui tragado para aquele buraco, puxado lá para baixo. Nem toda bebida do mundo teria evitado minha queda.

Porém, claro, mesmo que não ajude em nada, bebida é sempre bebida. E, quando bati na porta de Mattis e fui entrando, ele já me esperava com duas garrafas no balcão da cozinha.

— Imaginei que você fosse voltar. — E abriu um sorriso.

Peguei as duas garrafas e saí sem dizer uma palavra.

Capítulo 15

Como uma história chega ao fim?

Meu avô era arquiteto. Dizia que uma linha — e uma história — termina onde começou. E vice-versa.

Meu avô projetava igrejas. Porque era bom nisso, segundo ele, não porque acreditava na existência de qualquer Deus. Era um meio de se sustentar. Mas ele dizia que seu desejo era conseguir acreditar no Deus daqueles que lhe pagavam e para o qual construía as igrejas. Talvez assim seu trabalho tivesse mais sentido.

— Eu deveria projetar hospitais em Uganda — falava o velho. — O projeto levaria cinco dias, a construção, dez, e serviria para salvar vidas. Em vez disso, passo meses projetando monumentos a favor de uma superstição que não salva ninguém.

Espaços de fuga, era como ele chamava suas igrejas. Espaços de fuga da ansiedade quanto à morte. Espaços de fuga para a incurável esperança pela vida eterna.

— Seria mais barato dar a elas um cobertor e um ursinho de pelúcia para confortá-las — dizia meu avô. — Mas talvez seja melhor que eu projete igrejas toleráveis de se olhar do que deixar a tarefa para outros idiotas por aí. Estão emporcalhando o país inteiro com essas monstruosidades que chamam de igrejas.

Visitávamos a malcheirosa casa de repouso, eu, meu tio rico e minha prima, mas os dois não prestavam atenção ao que meu avô falava. Basse apenas repetia coisas que já havia dito umas cem vezes antes. Eles assentiam, murmuravam alguma coisa, concordando, e não paravam de olhar para o relógio. Antes de entrarmos, meu tio tinha dito que meia hora de visita estaria de bom tamanho. Eu queria ficar mais, mas era ele quem estava dirigindo. Basse estava começando a confundir um pouco as coisas, mas eu adorava ouvi-lo repetir o que pensava da vida. Possivelmente porque me dava a sensação de que algumas coisas não mudam, apesar de tudo: "Você vai morrer. Encare isso como um homem, garoto!" Minha única preocupação era que alguma daquelas velhas enfermeiras com crucifixo no pescoço o convencesse a entregar a alma a Deus quando o fim estivesse próximo. Acho que isso seria um trauma para um menino criado no ateísmo do avô. Eu não acreditava em vida após a morte, mas acreditava em morte após a vida, com certeza.

Enfim, agora esses eram meu desejo e minha esperança mais íntimos.

Dois dias haviam se passado desde que Lea batera aquela porta.

Dois dias na cama, na cabana, dois dias em queda livre no buraco negro, e uma das garrafas de bebida já vazia.

Então, como terminamos essa história?

Desidratado, saí cambaleante da cama e caminhei em zigue-zague até o córrego. Ajoelhado na água, bebi um pouco. Em seguida me deixei ficar ali, olhando meu próprio reflexo em um redemoinho atrás de umas pedras.

E foi ali que entendi.

Você vai atirar no reflexo.

Por que não? Eles não iam conseguir me pegar. *Eu* mesmo faria isso. Era o fim da linha. E por que haveria algo de tão terrível nisso? *Son cuatro días,* como dizia Basse. A vida passa em quatro dias.

Quase em êxtase pela minha decisão, corri de volta até a cabana.

O rifle estava outra vez encostado à parede.

Era uma boa decisão, uma decisão sem consequências para o resto do mundo. Ninguém ia chorar por mim, sentir minha falta, passar por dificuldades. Na verdade, era difícil pensar em alguém mais dispensável do que eu. Em suma, uma decisão que traria benefícios para todo mundo. De modo que tudo o que eu precisava fazer era colocá-la em prática antes que me acovardasse, antes que meu cérebro pouco confiável e traiçoeiro apresentasse algum argumento desesperado para que eu seguisse em frente com aquela minha miserável existência.

Apoiei o cabo do rifle no assoalho e coloquei o cano na boca. O aço tinha o gosto amargo e salgado de pólvora. Tive de enfiar o cano tão fundo na garganta para conseguir alcançar o gatilho que quase me machuquei. Só conseguia chegar lá com o dedo indicador. Vamos lá, então. Suicídio. A primeira vez é sempre a pior.

Movi o ombro e apertei o gatilho.

Um clique seco.

Merda.

Esqueci que as balas estavam no cadáver da rena.

Mas eu tinha outras. Em algum canto.

Procurei nos armários e nas prateleiras. Não havia muitos lugares onde pudesse ter enfiado a caixa com os cartuchos. Por fim, fiquei de quatro e olhei debaixo da cama, e lá estavam eles. Carreguei o pente todo. Sim, eu sei que uma bala no cérebro é o suficiente, mas, por alguma razão, me pareceu mais garantido ter munição extra, para o caso de alguma coisa dar errado. E, sim, meus dedos tremiam, de modo que colocar as balas na arma levou algum tempo. Finalmente encaixei o pente no rifle e o engatilhei do jeito que Lea havia me ensinado.

Coloquei o cano na boca outra vez. Estava úmido de saliva. Tentei alcançar o gatilho, mas o rifle parecia ter ficado mais comprido. Ou meu braço mais curto. Será que eu estava recuando?

Não, enfim consegui apoiar o dedo no gatilho. E agora sabia que a coisa ia acontecer, que meu cérebro não ia me impedir. Que nem mesmo meu cérebro seria capaz de apresentar argumentos convincentes; ele também ansiava por repouso, não queria continuar em queda livre, desejava uma escuridão que não fosse aquela.

Respirei fundo e comecei a fazer pressão sobre o gatilho. O ruído contínuo no ouvido ganhou um timbre metálico. Espere um pouco, aquilo não vinha de dentro da minha cabeça. Vinha lá de fora. Sinos tocando. O vento devia ter mudado. E não dava para negar que o som dos sinos da igreja parecia bem adequado. Pressionei o gatilho um pouquinho mais, faltava ainda um milímetro ou algo assim para que a arma disparasse. Dobrei os joelhos, precisei engolir a saliva com o cano dentro da boca, as coxas doendo.

Sinos de igreja.

Àquela hora?

Eu havia reparado que casamentos e velórios aconteciam à uma hora da tarde. Batizados e cultos, aos domingos. E não havia feriados religiosos em agosto, até onde eu sabia.

O cano do rifle deslizou mais fundo na garganta. Pronto. Agora.

Os alemães.

Lea tinha me contado que eles tocavam os sinos da igreja para avisar aos integrantes da resistência que os alemães estavam chegando.

Fechei os olhos. Abri-os de novo. Tirei o rifle da boca. Fiquei de pé. Deixei a arma junto à porta e fui até a janela que dava para o vilarejo. Não vi ninguém dali. Peguei o binóculo. Nada.

Para garantir, fui verificar o outro lado também, o lado da floresta. Nada. Levantei o binóculo para conferir a pequena colina além das árvores. E lá estavam eles.

Eram quatro. Tão longe ainda que era impossível ver de quem se tratava. Com exceção de um deles. E, por isso, não foi tão difícil adivinhar quem seriam os outros três.

O corpo de Mattis oscilava de um lado para o outro. Claro, o dinheiro que eu lhe dera não tinha sido suficiente, então ele decidira reivindicar a outra recompensa também. Era de presumir que estivesse cobrando um extra para indicar o caminho pelos fundos, de modo que pudessem me atacar sem serem vistos.

Estavam atrasados. Eu faria o serviço por eles. Não pretendia ser torturado antes de morrer. Não apenas por causa da dor, mas também porque não demoraria a revelar, aos gritos, que tinha escondido o dinheiro na parede da cabana e a droga debaixo das tábuas do assoalho de um apartamento vazio. E que o local estava vazio porque, aparentemente, as pessoas tinham reservas quanto a se mudar para um apartamento onde alguém havia se matado. Dessa perspectiva, Toralf tinha errado nos cálculos ao se dar um tiro dentro do próprio apartamento. Deveria ter escolhido outro lugar, um lugar onde seus herdeiros não fossem afetados pela depreciação no valor. Uma cabana de caça no fim do mundo, por exemplo.

Olhei para o rifle encostado à parede, mas não toquei nele. Tinha bastante tempo: eles ainda precisariam atravessar a barreira de árvores e não chegariam à cabana em menos de dez minutos, talvez quinze. Porém, não foi por isso que deixei a arma onde estava.

Os sinos da igreja. Estavam tocando. Tocavam por mim. E era ela quem puxava as cordas. Minha amada ignorou os costumes da igreja, sem se importar com o que diriam o padre e o pessoal do vilarejo, sem se importar com a própria vida, pois Mattis, claro, ia se dar conta do que ela estava fazendo. Lea só tinha uma coisa em mente: avisar ao cara que ela não queria ver nunca mais que Johnny estava a caminho da cabana.

E isso mudou as coisas.

Um monte de coisas.

Eles agora se aproximavam da floresta e, com o binóculo, pude ver as silhuetas dos outros três. Um deles lembrava um pássaro, com um pescoço fino que se destacava do paletó um pouco grande demais. Johnny. Também consegui distinguir algo despontando dos ombros dos outros dois. Fuzis. Fuzis automáticos, provavelmente. O Pescador tinha um contêiner cheio deles em seu galpão no porto.

Considerei minhas chances. Podia enfrentar um de cada vez, caso tentassem invadir a cabana, mas eles não fariam isso. Mattis os ajudaria a tirar proveito máximo do terreno: ficariam posicionados junto ao córrego, bem perto da cabana, para despedaçá-la a tiros. Olhei em torno. Os únicos objetos que eu poderia usar para me proteger eram feitos de madeira, o que significava a mesma coisa que ficar na frente da cabana dando tchauzinho. Minha única chance, em outras palavras, seria atirar neles antes que atirassem em mim. E eles teriam que se aproximar mais para que eu pudesse fazer isso. Eu teria que olhar no rosto deles.

Três dos quatro homens desapareceram no meio das árvores. O quarto, um dos caras de terno carregando um fuzil, ficou para trás e gritou algo que não consegui ouvir.

Eles não conseguiriam me ver de dentro da floresta pelos próximos minutos. Era minha chance de escapar. Eu podia correr para o vilarejo e pegar o fusca. Se fosse fazer isso, tinha de ser agora. Pegar a bolsinha com o dinheiro e...

Dois pontinhos no binóculo.

Pareciam voar baixo, atravessando o urzal em direção às árvores.

Agora entendia o que o sujeito tinha gritado. E me dei conta de que eles haviam pensado em tudo. Cachorros. Dois. Silenciosos. Pensei por um instante que cachorros soltos daquele jeito e que não latiam deviam ser muito bem treinados. Eu podia correr quanto quisesse, não teria a menor chance.

A situação estava começando a ficar complicada. Talvez não tão feio quanto três minutos antes, quando eu estava com o cano de um rifle na boca, mas a situação era completamente diferente agora. O som distante e fraco dos sinos da igreja não só havia me alertado de que alguns homens suspeitos estavam a caminho, como também de que agora eu tinha algo a perder. Foi como ser apunhalado por duas facas ao mesmo tempo, uma quente, outra fria, felicidade de um lado, medo da morte de outro. A esperança é mesmo uma desgraçada.

Olhei ao meu redor.

Deparei-me com a faca de Knut.

Felicidade e medo da morte. Esperança.

Esperei até ver que o quarto homem e os cachorros haviam desaparecido na floresta, então apanhei a bolsinha com o dinheiro da parede, abri a porta e corri para fora.

A nuvem de moscas levantou voo quando me ajoelhei junto à rena. Vi que formigas também a atacavam agora; era como se a pelagem do cadáver inchado estivesse viva. Espiei por sobre o ombro. A cabana ficava entre o ponto onde eu estava e a floresta, de modo que eu permaneceria encoberto até que eles chegassem ali. Mas não tinha muito tempo.

Fechei os olhos e enfiei a faca na barriga da rena.

O gás saiu do cadáver com um assobio demorado.

Então desci a faca pelo ventre do bicho. Prendi a respiração enquanto as tripas se espalhavam para fora. Havia menos sangue do que eu esperava. Provavelmente estava acumulado na parte de baixo do corpo. Ou talvez tivesse coagulado. Ou sido sugado. Porque agora eu via que não apenas a pelagem do animal parecia fervilhar; a carne se retorcia de vermes branco-amarelados que rastejavam e se banqueteavam nela, multiplicando-se. Puta que pariu.

Respirei fundo. Fechei os olhos, segurei o vômito que subia pela garganta e puxei a echarpe de modo a cobrir a boca e o nariz. Enfiei as mãos dentro da carcaça e puxei o que supus ser o estômago do bicho. Precisei usar a faca para soltá-lo, e o órgão meio que saiu rolando pela urze.

Espiei a escuridão dentro da carcaça. Não queria entrar. Mais alguns poucos minutos, segundos talvez, e eles estariam ali, e mesmo assim não havia jeito de eu me enfiar naquele cadáver fedorento e pegajoso. Meu corpo se recusava a fazer isso.

Ouvi o latido de um dos cachorros. Merda.

Pensei em Lea, em seus olhos, em seu sorriso se abrindo devagar enquanto a voz, grave e afetuosa, dizia: "Você conseguiu, Ulf."

Engoli em seco. Segurei as abas da pelagem e forcei minha entrada na carcaça.

Mesmo sendo uma rena das grandes, liberada de boa parte das vísceras, não havia muito espaço. Eu precisava ficar completamente escondido. E tinha de me fechar ali dentro. Dei-me conta de que estava lambuzado de fluidos diversos, e a temperatura era tão alta por causa dos gases, da energia dissipada na decomposição e do calor acumulado com a massa de minúsculos insetos por cima do bicho que eu parecia estar no interior sempre quente de um formigueiro. Não consegui mais me conter e vomitei várias vezes.

Aos poucos fui me sentindo um pouco melhor. Mas ainda era possível me ver do lado de fora. Como eu fecharia aquela abertura na barriga? Tentei agarrar as duas abas e mantê-las juntas, mas estavam muito escorregadias e escapavam das minhas mãos o tempo todo.

Havia problemas piores. Por sobre o urzal, os dois cachorros pretos, enormes, saltaram em minha direção.

Eles se lançaram sobre a rena, e um deles enfiou a cabeça dentro da carcaça, latindo para mim. Espetei-o com a faca, e ele recuou. Os latidos recomeçaram. Precisava fechar a carcaça em torno do meu corpo antes que os homens chegassem. Os latidos ficavam mais altos, e foi então que escutei vozes também.

— A cabana está vazia!

— Tem um animal ali!

Enfiei a faca na pele da rena, na parte de baixo da abertura, e puxei ao mesmo tempo a pelagem de cima, prendendo as duas partes antes que uma delas me escapasse.

Usei a faca como uma espécie de grampeador: duas voltas foram suficientes, a barriga estava lacrada. Agora era esperar e torcer para que ninguém tivesse ensinado aqueles cachorros a falar.

Ouvi passos se aproximando.

— Tira esses cachorros daqui, Styrker. Achei que eles obedeciam a você.

Senti um frio na espinha. Isso mesmo, aquela era a voz do sujeito que tinha ido ao meu apartamento para me matar. Johnny estava de volta.

— Deve ser por causa da carcaça — comentou Styrker. — Não é fácil ter um cérebro minúsculo e um monte de instintos.

— Está falando dos cachorros ou de você mesmo?

— Jesus, que fedor — resmungou uma terceira voz que reconheci de imediato: Brynhildsen, da sala dos fundos, o cara que sempre trapaceava. — O que é aquilo preso no chifre? E por que as tripas estão todas para fora, espalhadas no chão? A gente não devia verificar...?

— Os lobos estiveram por aqui — falou Mattis. — Desculpe, mas não respirem muito esse mau cheiro, é venenoso.

— Sério? — A voz calma de Johnny.

— Botulismo — respondeu Mattis. — Os esporos viajam pelo ar. Apenas um é o suficiente para matar uma pessoa.

Puta que pariu! Depois disso tudo vou morrer aqui, desse jeito, por causa da porra de uma bactéria?

— Os sintomas são um cansaço desconfortável nos olhos e a perda da capacidade de se expressar — prosseguiu Mattis. — É por isso que queimamos as renas mortas na hora. Para continuar enxergando uns aos outros e manter conversas que façam algum sentido.

Houve uma pausa, durante a qual pude imaginar Johnny encarando Mattis, tentando interpretar seu meio-sorriso insuportável.

— Styrker e Brynhildsen, virem essa cabana do avesso — ordenou Johnny. — E levem esses malditos cachorros com vocês.

— Ele não está lá, não há como ter se escondido lá dentro — insistiu Brynhildsen.

— Sei disso. Mas, se encontrarmos o dinheiro e a mercadoria, vamos saber que ele ainda está por aqui.

Ouvi os cachorros latindo freneticamente ao serem arrastados para longe.

— Desculpe perguntar, mas o que vai acontecer se vocês não encontrarem nada?

— Aí talvez você tenha razão — falou Johnny.

— Tenho *certeza* de que era ele naquele barco — garantiu Mattis. — Estava só a uns cinquenta metros do píer, e o cara é um sulista feioso, não temos ninguém parecido com ele por aqui. Com um barco decente e um bom vento soprando, em um dia ele já pode estar longe.

— E você estava deitado à beira-mar no meio da noite?

— Melhor lugar para dormir no verão.

Senti alguma coisa se movendo na parte de baixo da minha canela. Grande demais para ser um verme ou uma formiga. Eu respirava pela boca, não pelo nariz. Cobra ou rato? Que seja um rato, por favor. Um ratinho fofo e peludo, até faminto, mas não uma...

— É mesmo? — A voz de Johnny soava mais baixa agora.

— E o caminho mais rápido do vilarejo até aqui é *dando a volta* no morro? Levamos mais de uma hora. Quando vim da última vez, sozinho, não demorei nem meia hora para chegar.

— É, mas vocês seriam recebidos a tiros se ele estivesse na cabana.

O animal, ou o que quer que fosse, se movia pelo meu pé. Senti um impulso quase irresistível de me livrar dele com um chute, mas sabia que o menor movimento ou ruído seria percebido.

— Sabe de uma coisa? — Johnny parecia irônico agora. — Isso não entra na minha cabeça.

— Não? Você até pode ser um alvo mirrado, sulista, mas a cabeça é bem grande.

— Não é que Jon Hansen não saiba atirar; a questão é que não tem coragem.

— Sério? Bom, se você tivesse falado isso antes, eu indicaria um atalho...

— Eu falei, seu lapão desgraçado!

— Em norueguês do norte.

O bicho tinha alcançado meu joelho e seguia para a coxa. De repente me dei conta de que estava dentro da minha calça.

— Shhh!

Será que eu havia me mexido ou feito algum barulho?

— O que foi isso?

Silêncio total lá fora agora. Prendi a respiração. Meu Deus...

— Os sinos da igreja — disse Mattis. — Hoje é o enterro de William Svarstein.

E se fosse um lemingue? Tinha ouvido falar que eram bichos bem nervosinhos, e agora aquele ali se aproximava do meu parque de diversões. Sem nenhum movimento perceptível, agarrei com o punho fechado o tecido da calça, aderindo-a à coxa e bloqueando o caminho do bicho.

— Bom, já aguentei demais esse fedor — falou Johnny. — Vamos dar uma olhada no córrego. Se os cachorros estão confusos com o cheiro da rena é porque o cara talvez ainda esteja escondido por aqui.

Escutei os passos se afastando pelo urzal. Dentro da minha calça, o bicho tentou forçar passagem por algum tempo, depois se resignou a voltar por onde tinha vindo. Em seguida, ouvi uma voz gritar da cabana:

— Não tem nada aqui, só um rifle e o terno dele!

— Certo, rapazes, vamos voltar antes da chuva.

Esperei pelo que me pareceu uma hora, mas talvez tenham sido apenas dez minutos. Então puxei a faca que prendia a pelagem da rena e espiei o lado de fora.

Barra limpa.

Rastejei pelo urzal até o córrego. Esgueirei-me para dentro da água gelada e mergulhei nela, lavando do corpo a morte, o choque e a podridão.

Lenta e paulatinamente, voltei à vida.

Capítulo 16

Meu Deus...

Não havia chegado a pronunciar essas palavras, mas pensei nelas dentro daquela carcaça, e tão alto que foi como se tivesse gritado aquilo em uma esquina qualquer. E os monstros foram embora, exatamente como acontecia quando eu era menino e os imaginava escondidos embaixo da minha cama, ou no baú de brinquedos, ou dentro do guarda-roupa.

Seria assim tão simples? A gente só precisava rezar?

Estava sentado do lado de fora da cabana, fumando e olhando para o céu. As nuvens cinza-chumbo encobriam tudo agora, trazendo escuridão com elas. O clima parecia estar com febre; uma hora era quente e sufocante, mas, no minuto seguinte, uma rajada de vento provocava calafrios.

Deus. Salvação. Paraíso. Vida eterna. Eram ideias atraentes. Feitas sob medida para corações feridos e assustados. Tão atraentes que meu avô cedeu, por fim, e abandonou a razão para apostar tudo na esperança.

— Não recusamos aquilo que é de graça, sabe? — disse ele certa vez, com uma piscadela. Como se fosse um adolescente de 16 anos, sem um centavo no bolso, que conseguia entrar em uma discoteca com ingresso e identidade falsos.

Reuni as poucas coisas que levaria comigo. Roupas, sapatos, terno, rifle, binóculo. As nuvens ainda não haviam derramado nenhuma gota de chuva, mas isso não demoraria muito a acontecer.

E Johnny voltaria. Era óbvio que não acreditara em Mattis. O que claramente era a coisa certa a fazer quando se trata de Mattis. Um desvio contornando todo o morro. Lobos. Botulismo. E a história de ter me visto ir embora de barco. O enterro de William Svarstein.

Não me recordava de muita coisa dos meus anos perdidos na universidade, mas me lembrava de William Blackstone, o filósofo do direito do século XVIII que transitava no mesmo território de Mattis, aquela encruzilhada da justiça com a fé em Deus. Lembrei-me dele porque meu avô o citava, além de Isaac Newton, Galileu Galilei e Søren Kierkegaard, para ilustrar o fato de que até as mentes mais perspicazes estavam dispostas a acreditar na conversa e nas bobagens do cristianismo, caso achassem que isso poderia lhes oferecer uma chance de escapar da morte.

Mattis não tinha me traído. Ao contrário, eu havia sido salvo por ele. Então quem, afinal, entrara em contato com Johnny para dizer que eu ainda estava em Kåsund?

Mais uma rajada de vento, como se o tempo quisesse me apressar. Um estrondo vindo do oeste. Certo, certo, estava pronto para partir. Era noite. Se Johnny e os outros ainda estivessem em Kåsund, iriam procurar algum lugar para dormir.

Esmaguei a guimba do cigarro na parede da cabana, apanhei a pasta de couro e pendurei o rifle no ombro. Desci pela trilha sem olhar para trás. Seguindo sempre em frente. E dali em diante seria assim. O que quer que ficasse para trás, para trás ficaria.

O céu estrondeava e relampejava com entusiasmo quando peguei a estrada de cascalho. Estava tão escuro que eu só conseguia enxergar as silhuetas das casas e umas poucas janelas iluminadas.

Não acreditava em nada, não ansiava por nada, não esperava nada. Tudo o que queria era bater na porta, devolver o rifle e o binóculo e agradecer por tê-los emprestado. E pela minha vida. E perguntar se, por acaso, ela não estava a fim de passar o resto da vida comigo. E então ir embora, com ou sem ela.

Passei pela igreja. Pela casa de Anita. Pelo salão de orações. Logo estava diante da casa de Lea.

Um dedo de bruxa, torto e cintilante, de repente apontou para mim lá do céu. A casa, a garagem e o Volvo detonado se iluminaram momentaneamente com o clarão azul fantasmagórico. Um estrondo prenunciou o desabar da tempestade.

Eles estavam na cozinha.

Podia vê-los pela janela, a luz estava acesa. Ela, reclinada sobre a bancada da cozinha, o corpo arqueado para trás, tinha uma postura rígida, nada espontânea. Ove, com a cabeça um pouco mais para a frente, segurava uma faca. Era maior do que a faca que ele tinha usado contra mim. Brandia-a diante do rosto dela. Fazia ameaças. Ela se recuou ainda mais, na tentativa de ir para longe da faca, para longe do cunhado. Ele a agarrou pelo pescoço com a mão livre, vi que ela gritou.

Apoiei o rifle no ombro. A cabeça dele estava na mira. Da janela, eu o via de perfil, de modo que poderia acertá-lo na têmpora. Mas uma vaga noção da refração da luz no vidro da janela atravessou meu pensamento, e baixei um pouquinho a mira. Para a altura do peito. Ergui os cotovelos, inspirei fundo uma vez — não havia tempo para mais de uma —, baixei de novo os cotovelos, expirei e, lentamente, pressionei o gatilho. Sentia-me estranhamente calmo. Foi então que outro daqueles dedos irrompeu do céu, e vi a cabeça dele se voltar automaticamente para a janela.

Tudo ao meu redor retornou à escuridão, mas ele continuava olhando pela janela. Para mim. Havia me visto. Parecia pior do que da última vez; devia estar bebendo fazia dias. Psicótico pela falta de sono ou completamente louco de amor, louco do luto pelo irmão, louco por ter sido condenado a uma vida que não queria. Sim, talvez fosse isso, talvez ele fosse como eu.

Você vai atirar no reflexo.

Então era aquele o meu destino: atirar em um homem, ser preso pela polícia, condenado e mandado para a cadeia, onde os homens do Pescador logo apareceriam para dar um fim definitivo à história toda. Ótimo. Isso eu podia aceitar. Não era problema. O problema era ter visto o rosto dele.

Senti meu indicador hesitando, a mola do gatilho recuperando terreno e forçando o dedo impotente a recuar. Não ia conseguir fazer aquilo. Não ia conseguir, de novo.

Outro trovão, como uma voz gritando uma ordem.

Knut.

Até Futabayama, antes de começar a ganhar, só perdia.

Respirei fundo mais uma vez. Livrei-me daquele bloqueio. Mirei diretamente na cara feiosa de Ove e atirei.

O disparo ecoou pelos telhados. Baixei o rifle. Olhei através do vidro estilhaçado. Lea cobria a boca com as mãos e olhava para baixo, para algo no chão. Ao lado dela, na parede branca, logo acima da cabeça, a impressão era de que alguém tinha pintado uma rosa grotesca.

O último eco foi morrendo. Kåsund inteira devia ter ouvido; logo o vilarejo estaria em alvoroço.

Subi os degraus da frente. Bati na porta — não sei por quê. Entrei. Lea continuava de pé na cozinha, imóvel, ainda encarando o corpo caído sobre uma poça de sangue. Não levantou a vista, não sei nem se havia notado que eu estava ali.

— Você está bem, Lea...?

Ela assentiu.

— E Knut...

— Mandei-o para a casa do meu pai — sussurrou ela. — Imaginei que, se percebessem por que toquei os sinos, eles viriam até aqui e...

— Obrigado. Você salvou a minha vida.

Inclinei a cabeça e olhei para o homem morto no chão. Ele me encarou com o olhar inerte. Estava mais bronzeado que da última vez, nenhum estrago no rosto. Só o que se via era um buraco de aspecto inocente na testa, logo abaixo da franja loira.

— Ele voltou — sussurrou Lea. — *Sabia* que ele ia voltar.

Foi então que percebi. A orelha esquerda dele estava intacta. Não havia qualquer marca ali. E deveria haver, eu tinha mordido a orelha dele apenas alguns dias antes. Então, aos poucos, compreendi. Quando Lea dizia que ele tinha voltado, estava se referindo a...

— *Sabia* que não podia existir terra ou mar capaz de deter esse demônio — continuou ela. — Por mais funda que fosse a cova.

Era Hugo. O irmão gêmeo. Eu tinha atirado no reflexo.

Fechei os olhos com força. Abri-os novamente. Mas nada havia mudado, eu não estava sonhando aquilo tudo. Eu tinha matado o marido dela.

Precisei pigarrear para que minha voz saísse.

— Pensei que fosse Ove. Parecia que ele estava tentando matar você.

Finalmente ela me encarou.

— Melhor você ter matado Hugo do que Ove, que jamais ousaria tocar em mim.

Fiz um movimento de cabeça na direção do cadáver.

— Mas e ele, ousaria?

— Estava prestes a fazer isso.

— Por quê?

— Porque falei para ele.

— Falou o quê?

— Que queria ir embora daqui e levar Knut comigo. Que não queria vê-lo nunca mais.

— Você não queria vê-lo nunca mais?

— Falei para ele que eu... que estou apaixonada por outra pessoa.

— Por outra pessoa.

— Por você, Ulf. Não tenho como evitar. Eu te amo.

Aquelas palavras ecoaram pelas paredes como um hino religioso. A aura azulada nos olhos dela era tão intensa que precisei desviar o olhar. Lea pisava com um dos pés na poça de sangue, que se espalhava.

Dei um passo à frente. Dois. Os dois pés na poça. Delicadamente pousei as mãos nos ombros dela. Queria primeiro me certificar de que estava tudo bem se a puxasse para junto de mim. Antes que eu descobrisse a resposta, porém, ela desabou em meu peito, enterrando o rosto embaixo do meu queixo. Soluçou uma vez, duas. Senti suas lágrimas quentes escorrerem para dentro do meu colarinho.

— Venha — falei.

Conduzi-a à sala de estar, e o clarão de um relâmpago iluminou o caminho até o sofá. Deitamos ali, juntos.

— Foi um choque muito grande quando ele de repente apareceu ali, na porta da cozinha — sussurrou Lea. — Contou que tinha ficado bêbado no barco, com o motor ligado. Quando acordou, estava muito longe, em alto-mar, e o combustível havia acabado. Tinha os remos, mas o vento não parava de soprar, empurrando o barco para mais longe. Nos primeiros dias, achou que provavelmente era melhor assim. Afinal, nós o tínhamos feito pensar que tudo era culpa dele, que ele era um imprestável por ter machucado Knut. Mas aí veio a chuva, e ele sobreviveu. O vento mudou de direção. E foi quando ele chegou à conclusão de que não tinha culpa alguma. — Ela riu com amargura. — Ele me disse que ia dar um jeito em tudo, que ia dar um jeito em mim e em Knut. Quando falei que Knut e eu estávamos de partida, ele perguntou se eu tinha outro. Respondi que íamos embora sozinhos, mas que, sim, eu amava outra pessoa. Achei que era importante ele saber disso. Saber que sou capaz de amar um homem. Porque então se daria conta de que nunca poderia me ter de volta.

A temperatura na sala caiu enquanto Lea falava, o que fez com que ela se aconchegasse mais a mim. Até aquele momento ninguém tinha aparecido para perguntar sobre o tiro do rifle.

E me dei conta da razão disso ao ouvir o trovão seguinte. Ninguém viria.

— Alguém mais sabe que ele voltou? — perguntei.

— Acho que não. Ele reconheceu alguns pontos de referência na orla hoje à tarde e veio remando até aqui. Ancorou o barco no píer e veio direto para casa.

— Quando foi isso?

— Meia hora atrás.

Meia hora. Quando já havia escurecido e, por causa da tempestade, todo mundo estava trancado em casa. Ninguém tinha visto Hugo, ninguém sabia que ele estava vivo. Que *estivera* vivo. Com a possível exceção de um sujeito que gostava de perambular à noite. Para todos os demais, Hugo Eliassen era apenas um pescador que se perdera no mar. Alguém que eles não procuravam mais. Porém, como dizia Johnny, *o Pescador nunca desiste de procurar um devedor até ver o cadáver.*

Outro clarão iluminou a sala e, em seguida, tudo voltou a ficar escuro. Mas eu já tinha visto. Já havia enxergado tudo com perfeita clareza. Como eu disse, o cérebro é uma coisa estranha e notável.

— Lea?

— Sim? — sussurrou ela junto ao meu pescoço.

— Acho que tenho um plano.

Capítulo 17

Tática da terra arrasada.

Foi assim que defini meu plano. Eu recuaria, como fizeram os alemães. E desapareceria. Sumiria sem deixar rastro.

A primeira coisa que fizemos foi envolver o cadáver em sacos plásticos atados com uma corda. Lavamos meticulosamente o chão e as paredes. Removemos a bala da parede da cozinha. Lea tirou as calotas enferrujadas do carrinho de mão e o empurrou até a garagem, onde eu a esperava com o corpo. Coloquei Hugo no carrinho, com o rifle debaixo dele, e amarramos uma corda na parte da frente do pequeno veículo, de modo que Lea pudesse ajudar a puxá-lo. Fui até a oficina e encontrei um alicate. Saímos.

Não havia uma única pessoa lá fora, e a penumbra era reconfortante. Considerei que demoraria ainda umas três ou quatro horas para que as pessoas começassem a despertar, mas jogamos uma lona por cima do corpo, só para garantir. Foi mais fácil do que esperávamos. Quando eu ficava com os braços cansados, Lea assumia o carrinho e me passava a corda para que eu a ajudasse.

Knut tinha visto os homens chegarem em um carro com placa de Oslo.

— Ele veio voando me contar que eram três homens e dois cachorros — relatou Lea. — Queria correr até a cabana para contar a você, mas falei que era muito perigoso por causa dos cães, que identificariam o cheiro e talvez viessem atrás dele depois. Então logo fui procurar Mattis e disse que ele precisava me ajudar.

— Mattis?

— Quando você falou que ele tinha pedido que pagasse por alguns serviços, logo entendi o que queria dizer. Era um acordo para que ele não telefonasse para Oslo e avisasse que você estava aqui.

— Mas como você soube que Mattis já não tinha feito isso?

— Por Anita.

— Anita?

— Ela não veio prestar condolências. Veio saber se eu tinha alguma boa explicação para o fato de estar em um carro com você. Minha explicação não a convenceu. Ela sabe que eu não iria simplesmente fazer compras em Alta com um sulista desconhecido. Eu sei do que uma mulher desprezada é capaz...

Anita. *Ninguém faz uma promessa a Anita e depois não a cumpre.*

Ela havia cravado uma estaca em minha alma, tinha o número de telefone de Johnny e inteligência suficiente para ligar os pontos. E eu tinha o que quer que ela espalhasse por aí.

— Mas você confiou em Mattis? — perguntei.

— Confiei.

— O cara é um mentiroso chantagista.

— E um negociante cínico que nunca dá aos seus clientes mais do que aquilo que foi pago. E que cumpre o combinado. Ele também me devia uns favores. Pedi que despistasse os homens, ou no mínimo atrasasse a chegada deles à cabana, enquanto eu ia até a igreja tocar os sinos.

Contei a ela que Mattis havia jurado de pés juntos que tinha me visto ir embora de Kåsund em um barco. E que ele os havia conduzido por um longo desvio quando os sujeitos insistiram em ir até a cabana. Sem isso, provavelmente eles teriam aparecido antes de o vento mudar e eu poder ouvir os sinos.

— Cara estranho — comentei.

— Cara estranho. — Ela riu.

Demoramos uma hora para chegar à cabana. O tempo tinha ficado sensivelmente mais frio, e as nuvens continuavam baixas. Rezei para que não chovesse logo. Não ainda. Fiquei me perguntando se esse negócio de rezar não ia virar um hábito.

Quando nos aproximamos, pensei ter visto silhuetas que, silenciosas, desapareceram morro acima a toda velocidade. As vísceras da rena tinham sido estraçalhadas, e a carcaça jazia completamente aberta.

A revista dos homens do Pescador atrás do dinheiro e da droga havia sido minuciosa: o colchão fora rasgado ao meio, o armário, tirado da parede, o forno, aberto, e as cinzas, reviradas. A última garrafa de bebida tinha ficado debaixo da mesa, e as tábuas do assoalho haviam sido arrancadas, assim como as do forro da parede. O que significava que a mercadoria escondida no apartamento de Toralf não estaria a salvo, caso algum dia eles tivessem a ideia de procurar lá. Mas tudo bem, eu não pensava em recuperá-la. Na verdade, não tinha a menor intenção de voltar a me envolver com drogas. Por razões diversas. Não muitas, mas todas muito boas.

Lea esperou lá fora enquanto eu libertava o corpo dos sacos plásticos. Estofei a cama com várias camadas do forro de feltro do teto antes de deixar o cadáver ali. Tirei a aliança de casamento de Hugo. Talvez ele tivesse perdido peso durante aqueles dias no mar, ou quem sabe o anel sempre ficara um pouco frouxo em seu dedo. Tirei minha corrente com a placa de identificação e a coloquei no pescoço dele. Com a ponta da língua, tateei dentro da minha boca para conferir qual dente eu tinha quebrado, peguei o alicate e extraí o dente equivalente na boca de Hugo. Pousei o rifle sobre a barriga do cadáver e pus a bala deformada debaixo da cabeça. Dei uma olhada no relógio. O tempo corria.

Revesti o corpo com mais uma camada de feltro, abri a garrafa e encharquei a cama, o forro e o restante da cabana. Sobrou um pouquinho da bebida. Hesitei por um momento. Então virei a garrafa e vi o líquido profano de Mattis se infiltrar nas tábuas altamente inflamáveis do assoalho.

Estremeci com o ruído da cabeça do fósforo raspando na lateral da caixa e observei a chama se acender.

Agora.

Deixei o fósforo cair no feltro, sobre a cama.

Li certa vez que corpos não queimam com facilidade. Somos sessenta por cento água, talvez fosse por isso. Mas, ao ver como o feltro pegava fogo rápido, pensei que provavelmente não sobraria muita carne naquela grelha.

Saí da cabana, deixando a porta aberta para que as primeiras chamas se alastrassem bem e realmente ganhassem corpo.

Nem precisava ter me dado ao trabalho.

Foi como se elas, as chamas, conversassem conosco. Primeiro murmurando, com vozes tímidas, mas aumentando gradualmente o volume e a agressividade para, por fim, se tornarem uma cacofonia estrondosa. Até Knut teria ficado feliz com aquele fogaréu.

Como se soubesse em quem eu estava pensando, Lea disse:

— Knut sempre dizia que o pai dele ia arder no inferno.

— E quanto à gente? Será que também vamos arder no inferno?

— Não sei. — Ela segurou minha mão. — Tentei encontrar uma resposta para isso, mas o curioso é que não sinto nada. Hugo Eliassen. Vivi sob o mesmo teto que esse homem durante dez anos, e mesmo assim não lamento o destino dele nem sinto compaixão. Não tenho mais raiva, tampouco fico feliz. E não estou com medo. Faz muito tempo que não digo isso, que não temo por Knut, por mim. Cheguei a ter medo até de você. Mas sabe o que é o mais estranho de tudo? — Ela engoliu em seco e olhou para a cabana, agora uma única massa em chamas. Estava incrivelmente bonita à luz avermelhada do fogo. — É que não me arrependo. Não sinto remorso agora e sei que não vou sentir depois. Então, se o que estamos fazendo é um pecado mortal, vou acabar ardendo no inferno, porque não vou pedir perdão. O único arrependimento que tive nesses últimos dias — ela se voltou para mim — foi tê-lo deixado ir.

A temperatura da noite havia caído de forma abrupta; provavelmente o calor da cabana em chamas era o que deixava minhas bochechas e minha testa coradas.

— Obrigada por não ter desistido, Ulf.

Ela acariciou meu rosto quente.

— Hum. Meu nome não é Jon?

Ela se inclinou na minha direção. Seus lábios quase tocavam os meus.

— Considerando o plano, é melhor que a gente continue te chamando de Ulf.

— Falando em nomes e planos... Quer casar comigo?

Ela me dirigiu um olhar severo.

— Está me pedindo em casamento *aqui*? Enquanto meu marido está sendo queimado na nossa frente?

— É a solução mais prática — respondi.

— Prática! — Ela bufou.

— Prática. — Cruzei os braços. Olhei para o céu. Em seguida, para o relógio. — Fora o fato de que amo você como jamais amei nenhuma outra mulher, e de que ouvi dizer que as mulheres laestadianas não têm permissão nem para beijar antes do casamento.

O telhado e as paredes da cabana desabaram, lançando no ar uma chuva de fagulhas. Ela pressionou o corpo contra o meu. Nossos lábios se encontraram. E dessa vez não havia dúvida.

Ela estava me beijando.

Quando percorremos apressados o caminho de volta ao vilarejo, a cabana já havia virado uma ruína fumegante às nossas costas. Concordamos que eu devia me esconder na igreja enquanto ela arrumava as malas e apanhava Knut na casa dos avós, antes de voltar para me buscar com o fusca.

— Não precisa trazer muita coisa — falei, dando um tapinha na pequena bolsa de dinheiro. — A gente pode comprar tudo que precisar.

Ela assentiu.

— Não fique do lado de fora. Venho buscar você.

Despedimo-nos na estrada de cascalho, exatamente onde eu havia conhecido Mattis na noite da minha chegada a Kåsund.

Parecia que tinha sido há uma vida. Fiz o mesmo que naquela noite: abri com esforço a pesada porta da igreja e caminhei até o altar. Parei ali, olhando para o crucifixo.

Será que meu avô tinha falado sério sobre não recusar o que era de graça? Será que essa foi a única razão pela qual ele se entregara à superstição? Ou será que minhas orações tinham mesmo sido ouvidas, que o cara da cruz havia me salvado? Será que eu devia alguma coisa a ele?

Respirei fundo.

A *ele*? Mas ele era só um sujeito esculpido numa porra de um pedaço de madeira. Lá na costa havia aquele pessoal que rezava para as rochas, o que devia funcionar tão bem quanto.

Mesmo assim...

Droga.

Eu me sentei no banco mais próximo do altar. Pensando. E não é pretensão demais dizer que eu pensava sobre a vida e a morte.

Passados uns vinte minutos, a porta bateu com força. Virei-me rápido. Estava escuro demais para conseguir ver quem era. Mas *não* era Lea, os passos eram pesados demais.

Johnny? Ove?

Meu coração disparou, e tentei lembrar por que, afinal, eu tinha lançado minha pistola ao mar.

— Então... — As vogais prolongadas. A voz grave e familiar. — Tendo uma conversa com o Senhor? Imagino que queira saber d'Ele se está fazendo a coisa certa.

Por alguma razão, enxerguei mais claramente as semelhanças entre Lea e o pai agora que ele tinha acabado de se levantar da cama. Seus poucos cabelos não estavam penteados com esmero como das outras vezes, e os botões da camisa ocupavam as casas erradas. Isso tudo o tornava menos intimidante, mas, além disso, alguma coisa no tom da voz e na expressão do rosto me dizia que Jakob Sara vinha em paz.

— Não sou exatamente um crente — respondi. — Mas desisti de negar que tenho minhas dúvidas.

— Todo mundo tem. Os crentes, mais do que qualquer um.

— Sério? O senhor também?

— Claro que tenho. — Jakob Sara sentou-se ao meu lado com um gemido. Não era um sujeito pesado, mas ainda assim o banco pareceu balançar. — É por isso que se chama fé, não conhecimento.

— Mesmo para um pastor?

— Especialmente para um pastor. — Ele suspirou. — Um pastor é obrigado a confrontar as próprias convicções a cada vez que prega a Palavra. Ele precisa sentir, pois sabe que tanto a dúvida como a fé serão ouvidas em sua voz. Será que acredito hoje? Será que minha fé está *suficientemente forte* hoje?

— Hum. E o que acontece quando o senhor sobe ao púlpito e sua fé não está suficientemente forte?

Ele coçou o queixo.

— Aí é preciso acreditar que viver como cristão é, em si, algo bom. Essa renúncia, o esforço de não sucumbir ao pecado, tem valor para os seres humanos mesmo aqui, nesta vida mundana. Li uma coisa parecida sobre os atletas: eles veem um sentido próprio na dor e no esforço dos treinos, mesmo que eles nunca ganhem uma competição. Se o céu não existir, pelo menos teremos levado uma vida boa e prudente como cristãos, vivida com alegria, trabalhando, aceitando as possibilidades que Deus e a natureza nos ofereceram e cuidando uns dos outros. Sabe o que meu pai, que também era pastor, dizia sobre o laestadianismo? Que, se levássemos em conta só o número de pessoas salvas do alcoolismo e de lares desfeitos, isso já justificaria nossas ações, mesmo que estivéssemos pregando mentiras. — Ele fez uma pausa breve.

"Mas não é sempre assim. Às vezes o preço de viver de acordo com as Escrituras é alto demais. Como foi para Lea... Como foi a vida que eu, iludido, obriguei minha filha a ter. — Havia um leve tremor em sua voz. — Demorei muitos anos para perceber isso, mas o fato é que ninguém deveria ser forçado pelo pai a viver em um casamento como aquele, com um homem que odeia, um homem que a tomou pela força... — Ele ergueu a cabeça e olhou para o crucifixo acima de nós. — Sim, continuo a acreditar que era o certo, segundo as Escrituras, mas às vezes a salvação pode cobrar um preço alto demais."

— Amém.

— E vocês dois, você e Lea... — Ele se voltou para mim. — Percebi lá no salão de orações. Dois jovens se olhando do jeito como você e Lea se olhavam, no banco dos fundos, quando achavam que ninguém estava reparando... — Ele meneou a cabeça e sorriu com tristeza. — Bom, o que as Escrituras dizem sobre segundos casamentos é discutível, isso sem mencionar sua condição de pagão. Mas nunca vi Lea desse jeito. E nunca tinha *ouvido* minha filhar falar como falou ainda agora, quando veio buscar Knut. Você devolveu a beleza a Lea, Ulf. Só estou descrevendo as coisas como são, e parece que você começou a consertar o estrago que fiz. — Ele pousou a mão grande, enrugada, em meu joelho. — E vocês estão fazendo a coisa certa, precisam mesmo ir embora de Kåsund. A família Eliassen é muito poderosa, mais do que eu, e jamais permitirá que você e Lea estabeleçam uma vida aqui.

Agora eu compreendia tudo. Depois do encontro no salão de orações, quando Jakob Sara me perguntou se eu estava pensando em levar Lea comigo... ele não pretendia me ameaçar. Ele fazia um apelo.

— Além disso... — ele deu uns tapinhas em meu joelho — ... você está morto, certo, Ulf? Lea já me passou as instruções. Você, uma alma solitária e deprimida, ateou fogo na cabana antes de se deitar na cama e dar um tiro com o rifle na cabeça. O corpo carbonizado terá uma plaquinha de identificação com seu nome nele, e tanto eu como Ove Eliassen vamos jurar para a polícia que um dos seus dentes da frente estava faltando. Devo dar a notícia a quaisquer parentes seus que porventura encontre e explicar que, por seu desejo expresso, você será enterrado aqui; devo também cuidar da papelada, falar com o vigário e providenciar para que seus restos mortais sejam enterrados da forma mais rápida e eficiente. Algum hino em particular que você gostaria que cantássemos?

Virei-me para ele. Vi que um de seus dentes de ouro reluzia na penumbra.

— Serei a única pessoa a saber da verdade aqui — continuou o velho. — Ainda assim, não sei para onde vocês estão indo. Tampouco quero saber. Mas espero voltar a ver Lea e Knut algum dia.

Ele ficou de pé, os joelhos tremendo.

Levantei-me e estendi a mão para Jakob Sara.

— Obrigado.

— Eu é que deveria lhe agradecer. Porque você me deu a chance de consertar pelo menos uma parte do dano que causei à minha filha. A paz de Cristo, que todos os Seus anjos possam acompanhá-los na jornada.

Acompanhei o velho com os olhos enquanto ele se afastava. Senti uma rajada de vento frio quando a porta foi aberta e se fechou de novo.

Esperei. Conferi as horas. Lea estava demorando mais do que eu havia previsto. Torci para que não houvesse tido problemas pelo caminho. Ou mudado de ideia. Ou...

Ouvi o ruído entrecortado de um motor de quarenta cavalos do lado de fora. O fusca. Estava prestes a sair da igreja quando a porta se abriu de repente e três pessoas entraram.

— Fique onde está! — gritou uma voz. — Não vai demorar muito.

O sujeito percorreu com desenvoltura o espaço entre os bancos. Knut o seguia, mas foi Lea quem chamou minha atenção. Estava vestida de branco. Seria o vestido de noiva dela?

Mattis parou diante do altar. Colocou um par de óculos ridiculamente pequenos e folheou uns papéis que havia tirado do bolso do anoraque. Knut subiu em minhas costas.

— Tem uma coisa nas minhas costas! — falei, virando o corpo de um lado para o outro.

— Eu mesmo: *rikishi* Knut-*san* do *ken* de Finnmark! — alardeou o menino, agarrando-se firme.

Lea caminhou até mim e, ao meu lado, entrelaçou o braço no meu.

— Pensei que seria melhor resolver isso de uma vez — sussurrou. — Mais prático.

— Prático — repeti.

— Vamos direto à parte que importa — disse Mattis, pigarreando e segurando uns papéis diante do rosto. — Diante de Deus, o Criador, e pela autoridade a mim concedida como representante do Poder Judiciário da Noruega, eu pergunto: você, Ulf Hansen, aceita Lea Sara como sua legítima esposa?

— Aceito — respondi, em alto e bom som. Lea apertou minha mão.

— Promete amá-la e respeitá-la e a ela ser fiel — Mattis folheou os papéis — na saúde e na doença?

— Sim.

— Agora pergunto a você, Lea Sara: aceita...?

— Aceito!

Mattis espiou por sobre os óculos.

— Como?

— Sim, aceito Ulf Hansen como meu legítimo esposo e prometo amá-lo e respeitá-lo e a ele ser fiel até que a morte nos separe. O que não vai demorar muito se a gente não se apressar.

— Claro, claro — retomou Mattis e consultou seus papéis novamente. — Vejamos, vejamos... aqui está! Podem dar as mãos. Ah, parece que já fizeram isso. Nesse caso... certo! Diante de Deus, e deste que vos fala, na qualidade de representante das autoridades deste país, vocês prometeram... um monte de coisas. E, uma vez que se deram as mãos, eu vos declaro legalmente casados.

Lea olhou para mim.

— Solta ele agora, Knut.

Knut desceu escorregando pelas minhas costas e aterrissou no assoalho atrás de mim. Então Lea me deu um beijo rápido e se virou para Mattis.

— Obrigada. Você pode assinar os papéis?

— Claro — falou Mattis. Ele bateu com a extremidade da caneta no peito, fazendo um clique, assinou os papéis e os entregou a Lea.

— É um documento oficial, tem validade aonde quer que vocês forem.

— Serve para eu tirar uma nova carteira de identidade? — perguntei.

— Sua data de nascimento consta aí, você tem nossas assinaturas e uma esposa que pode confirmar sua identidade como Ulf Hansen, então, sim, deve ser o suficiente para que você obtenha pelo menos um passaporte temporário em uma embaixada da Noruega.

— É tudo que a gente precisa.

— E para onde vocês vão?

Ficamos olhando para Mattis em silêncio.

— Claro — murmurou ele e balançou a cabeça. — Boa sorte.

E assim foi que, no meio da noite, saímos da igreja casados. Eu estava casado. E, se meu avô estivesse certo, a primeira vez é sempre a pior. Agora só precisávamos entrar no fusca e dar o fora de Kåsund antes que alguém acordasse e nos visse. Mas paramos nos degraus e, espantados, olhamos para cima.

— Confetes! — eu disse. — Só faltava isso.

— Está nevando — gritou Knut.

Flocos grandes e fofos desciam do céu devagar e pousavam nos cabelos negros de Lea. Ela riu alto. Então descemos correndo os degraus e entramos no carro.

Lea virou a chave na ignição, o motor ligou, ela soltou o freio de mão e lá fomos nós.

— Para onde a gente está indo? — quis saber Knut.

— Isso é uma informação ultrassecreta — respondi. — Só o que posso dizer é que vamos para a capital de um país onde não precisamos de passaportes para cruzar a fronteira.

— E por que a gente está indo para lá?

— É lá que vamos morar. Tentar arranjar emprego. Brincar.

— Vamos brincar de quê?

— De um monte de coisas. "Esconderijo secreto", por exemplo. Aliás, inventei uma piada. Como se faz para colocar cinco elefantes em um fusca?

— Cinco elefantes... — murmurou Knut consigo mesmo. Então se inclinou para a frente, no vão entre os dois bancos dianteiros. — Me conta!

— Dois na frente e três atrás.

Um breve silêncio. E o menino se jogou no branco de trás, com o riso solto.

— E aí?

— Você está melhorando, Ulf. Mas isso não foi uma piada.

— Não?

— Foi uma charada.

Knut pegou no sono antes que tivéssemos cruzado a divisa do condado de Finnmark.

Já era dia quando atravessamos a fronteira sueca. A paisagem monótona mudava pouco a pouco, ganhando mais cor e diversidade. As montanhas surgiam cobertas de neve, que mais parecia glacê. Lea cantarolava uma canção que tinha aprendido havia pouco tempo.

— Tem um hotel bem na entrada de Östersund — sugeri, folheando o guia que encontrara no porta-luvas. — Parece bom. A gente podia reservar dois quartos lá.

— Nossa noite de núpcias — disse ela.

— Que tal?

— Vai ser hoje, certo?

Pensei um pouco.

— É, acho que sim. Olhe, a gente tem tempo de sobra, não precisamos apressar nada.

— Não sei do que *você* precisa ou não, querido marido — disse Lea em voz baixa, conferindo se Knut ainda dormia. — Mas você sabe o que dizem sobre laestadianos e noites de núpcias.

— Sei?

Lea não respondeu. Simplesmente continuou ali, dirigindo nosso carro, seguindo pela estrada com um sorriso inescrutável nos lábios vermelhos. Porque acho que ela sabia do que eu precisava. Acho que sabia desde o momento em que me fez aquela pergunta, naquela noite, na cabana, a pergunta que não respondi: qual foi a primeira coisa que me veio à cabeça quando ela falou que eu era fogo, e ela, ar. Como diria Knut, todo mundo sabe a resposta dessa charada.

O fogo precisa do ar para existir.

Caramba, como ela é linda.

Então, como terminamos esta história?

Não sei, mas vou parar de contar por aqui.

Porque aqui está de bom tamanho. Talvez mais adiante aconteçam coisas não tão boas assim, mas não tenho como saber. Só sei que aqui e agora tudo é perfeito, que neste exato momento estou no lugar onde sempre quis estar. No caminho certo, mas quase no fim dele.

Estou pronto.

Para me arriscar a perder, mais uma vez.

Agradecimentos

As descrições de Finnmark — território bem pouco familiar até mesmo para os noruegueses — são baseadas em parte nas minhas próprias experiências viajando e morando na região entre o fim dos anos 1970 e o começo dos anos 1980 e em parte nos relatos de outras pessoas sobre a cultura dos lapões, entre os quais o de Øyvind Eggen, que gentilmente me deu permissão para usar trechos de sua dissertação sobre o laestadianismo.

Este livro foi composto na tipografia Palatino
LT Std, em corpo 11,5/17, e impresso em
papel off-white no Sistema Cameron da
Divisão Gráfica da Distribuidora Record.